DER
LEICHENKILLER

Paul Menzel

Impressum

Bibliografische Information der Deutschen Nationalbibliothek: Die
Deutsche Nationalbibliothek verzeichnet diese Publikation in der
Deutschen Nationalbibliografie; detaillierte bibliografische Daten
sind im Internet über dnb.dnb.de abrufbar.

© **2019 Paul Menzel**
Herstellung und Verlag: BoD – Books on Demand, Norderstedt
Lektorat: Marina Pittsik
Covergestaltung: VercoDesign, Unna
Innengestaltung/Buchsatz: Nico Abrell
ISBN Taschenbuch: 9783748192947
ISBN Gebundenes Buch: 9783752876352

Für Euch!

Man merkt oft nicht, wie die Zeit vergeht.
Doch sie vergeht.

Paul Menzel

Die Freundinnen und deren Kinder

Eva
Jan (13)

Diana
Tom (4), Paul (13)

Sandra
Ivo (11), Ben (13)

Anette
Matheo (11)

Charlotte
Sophia (13)

Bea
Mali (13)

Colette
Tim (13)

Dabei sind Michelle und Amelie, die Freundinnen von Sophia und Mali, die auch 13 Jahre alt sind.

Prolog

Sie spürte, wie er härter zuschlug. *Lass es sein*, dachte sie. Doch niemand hörte sie. Schon seit Wochen erlitt sie diesen Schmerz. Sie war doch so glücklich. Warum kann es sich so schnell ändern? Und vor allem: Wie fühlt er sich dabei?

Es reichte ihr, aber sie wusste nicht, wo sie Hilfe bekommen konnte.

Was denken die Anderen von mir?

Das einzige, was sie tat, war abwarten und mit sich alles machen lassen.

Als er damit begann, sie einfach mit einem Stock oder einem Gürtel zu schlagen, dachte sie, dass sie etwas falsch gemacht hätte. Sie erinnerte sich noch genau daran, als sie in der Küche gestanden und gekocht und plötzlich einen harten Schlag auf ihrem Rücken gespürt hatte. Voller Wut drehte sie sich um und sagte: "Was soll das?"

Sie hatte aufgegeben. Wenn sie im Badezimmer stand und sich ihren Rücken anschaute, sah sie die roten Hämatome. Jeder einzelne Schlag kam ihr wieder hoch. Sie erinnerte sich an ihre Schreie, an ihren Schmerz. Doch er machte weiter.

Sie fühlte sich, als stünde sie auf der Spitze des Eiffelturms und keiner hörte sie. *In Paris, ihrer Lieblingsstadt.* Dort war ihr erster gemeinsamer Urlaub. *Und der erste Schlag.*

Sie hatte das Gefühl, ihm gefiele es, sie zu schlagen.

Doch sie stand auf dem Eiffelturm, auf der höchsten Spitze, und keiner hörte sie.

Freitag, 11.5.2018
Paul

„Wir müssen gleich aber nochmal zur Tankstelle!", hörte ich Mama im Stress rufen. "Sandra
hat keine Grillkohle mehr."

„Okay", antwortete ich.

An diesem sonnigen Freitagnachmittag wusste
ich noch nicht, was auf uns zukommen wird. Ich
hatte mich nur auf das Zelten gefreut, und darauf,
alle nach langer Zeit mal wieder zu sehen.

„So, komm, wir müssen los."

Mama nahm den Koffer und schloss die Tür ab.

„Bis bald, Haus", sagte sie lachend. "Es sind ja
nur drei Tage."

Die Sonne schien in meine Augen, sodass ich blinzelte. Heute war es etwas zu viel Sonne, zumindest für den Mai. Wir gingen zu unserem Auto und packten alle Sachen rein.

„Glaubst du, das ist ein guter Zeltplatz?", fragte Mama.

„Keine Ahnung, ich hoffe es."

„Los Tom, steig ein."

Mein Bruder Tom fuhr auch mit. *Hoffentlich habe ich da etwas Ruhe vor ihm*, dachte ich. Kleine Geschwister können schon nerven. Auf der Fahrt zur Tankstelle hing ich meinen Gedanken nach.

„Freust du dich, Tom?"

„Jaaa", antwortete er begeistert. Zelten war er schon mal. Letztes Jahr. Er freute sich in einem Zelt zu schlafen. In der dunklen Nacht. Nachdem wir bei der Tankstelle alles besorgt hatten, fuhren wir zu Sandra. Dort war unser Treffpunkt. Um sechzehn Uhr waren alle da.

„Hi Paul!", rief Ben, der auf mich zukam.

„Na, motiviert?", fragte ich.

„Ja klar!"

„Dann ist ja gut."

„Ich bin so gespannt, wie der Platz wird!", be-
geisterte Ben sich wie ein Kind, das an
Weihnachten die Geschenke kaum noch abwarten kann.

„Ich hoffe mal belebt."

Nachdem Mama und die anderen noch etwas
miteinander gequatscht hatten, fuhren wir los.

Ab nach Holland.

Ab zum Zelten.

Ab in die Gefahr.

Paul

Die Autobahn war voll. Vielleicht auch noch voller durch uns. Denn dieses Jahr sind wir mit fünf Autos und einem Anhänger gefahren. Die Autos waren gefüllt mit Eva, Diana, Sandra, A-nette, Charlotte, Bea, Colette und deren Kindern Jan, Tom, Ivo, Ben, Mathéo, Sophia, Mali, Tim, Michelle, Amelie und mir. Kurz gesagt: ziemlich voll, und wie immer waren wir ziemlich viele. Aber wie jedes Jahr machte es Spaß, uns zum Zelten zu treffen.

Und nicht nur wir Jugendlichen freuten uns, sondern erst recht unsere Mütter.

Den meisten Platz im Kühlschrank nehmen oft die Getränke weg. Aber so eine gute Gruppe aus

Freunden darf und muss auch mal feiern, gerne zu so einem Anlass.

Auf der Fahrt dachte ich über den vergangenen Tag nach. Ich saß hinten im Auto, starrte aus dem Fenster, sah mir die Bäume am Fahrbahnrand zu den Feldern des Bauers an.

„Drei, zwei, eins, Niederlande!", riefen Mama und Tom im Chor. Von Viersen bis nach Holland dauerte es nur zwanzig Minuten. Bis zu unserem Zeltplatz, den Charlotte dieses Jahr ausgesucht hatte, dauerte es eine halbe Stunde. Noch zehn Minuten. Die Geräusche des Autos hetzten mich. Auch wenn die Automatik leise war, gab sie immer noch diesen penetranten Ton. Monoton. Endlich: Da war er. Der Zeltplatz *De Rouvenhof.* Eine lange Straße, umhüllt von großen Tannen, führte zu einem Haus. Es wurde langsam dunkler. Ziemlich dunkel. „Gruuuuseeeelig", rief Tom so plötzlich, dass ich erschrak. „Wir sind daaaaaaa!", sagte Mama voller Freude. *Warum freut Mama sich mehr als ich?* Die Sonne ließ harte Schatten der Bäume werfen. Würde es je heller werden? Die glatte Fahrbahn ließ nach, als der matschige Boden die Reifen verschmutze. Das Auto rüttelte von der Erschütterung. Dort war *de Rouvenhof*. Das baldige Schrecken in Worten. Mama parkte das Auto am Rand der Treppe zum Haus hinauf. Die anderen Autos parkten auch und Anette kam mit Charlotte zu Mama, um die Schlüssel zu holen.

3

Der Tod kommt schneller,
als Du denkst.

Er drehte sich. Er schüttelte sich. Er warf mit Ge-
genständen um sich. In seinem Geist, seiner
Seele, seinem Verstand gab es keine Grenzen. Es
gab nur Gefahr für andere. Gefahr, Angst und
Tod. Kein stiller Tod. Grausamer Tod.
Die Stille im Raum hetzte ihn. Hetzte ihn vom
Bett. Der Lattenrost war durchbrochen. Er schrie
auf. Vor Schmerz. Vor Lust auf Gewalt. Lust
aufs Töten. Lust darauf, Menschen sterben zu sehen. Menschen gequält zu sehen. Menschen die
letzten Minuten des Lebens zu stehlen. Er war
durchgedreht. In seiner Psyche verloren. Verloren in der Hölle. Verloren im Abgrund des
Lebens. Die dunkle Seele birgt Gefahr. Eine

Gefahr für viele Menschen. Er ist krank. Ein Psychopath. Und er kann nicht gestoppt werden. Er kann immer, überall töten. Überall kann er durchdrehen. Zu jeder Zeit. An jedem Ort.

Anette, Diana, Charlotte

„Guten Tag", begrüßten Diana, Charlotte und A-
nette die Frau hinter der Anmeldung. „Wir haben
den Platz 5b gebucht."

„Ja, ich hole kurz die Schlussels", sagte die Frau
mit holländischem Akzent.

„Das ist ja gruselig hier, mit diesen hohen Bäumen", stellte Anette fest und schaute auf den
Boden.

„Warum   denn?",   fragte   Charlotte.
„Ist doch ganz gemütlich."

„Abwarten."

„Hier sind die Schlussels."

„Ja supi, danke!" Charlotte nahm die Schlüssel
entgegen und gab Diana und Anette einen. Die
Schranke sah verrostet aus. Jedoch funktionierte

sie. Jeder Schlüssel ließ die Schranke erheben. In den kalten Himmel. Die Schatten der Bäume wurden allmählich weniger. Es gab keine Bäume an den Rändern mehr. Eine Abzweigung folgte. Der lange Weg nahm ein Ende. Zu sehen waren Wohnwagen, Zelte und ein großer Spielplatz. Die Abzweigung führte an vielen anderen Zelten vorbei. Diana fuhr als erste. „Jetzt rechts?", fragte sie Paul.

„Keine Ahnung", sagte Paul lachend. Diana stieg aus und ging zu Anettes Auto. „Rechts oder links?", fragte sie. „Fahr mal rechts. Ich weiß es aber nicht", sprach sie und lachte. „Okay, dann los."

Tatsächlich: Platz 5b. Dort war er. Irgendwo im Nirgendwo. Weit im Inneren des Zeltplatzes. Nachdem jedes Auto einen Platz gefunden hatte, ging Anette zu Charlotte.

"Meine Güte, das ist hier ja verlassen!", stellte Anette lachend fest.

Charlotte lachte auch.

Aber Einsamkeit ist kein Beweis. Kein Beweis für irgendetwas Blödes. *Irgendetwas Grausames.* „Versauen wir uns nicht unsere Pause vor den Männern. Komm, wir gehen!"

5

Paul

Endlich da. Das Wetter war nicht das beste, jedoch war es auch nicht schlecht. Ein leichter
Windzug war zu spüren. Einsame Gefühle um-
hüllten mich. Mir wurde schlecht. Ich zitterte.
Gibt es etwas schlimmeres, als zu wissen, die
nächsten Tage in der Angst einzuschlafen? Sicherlich. Aber jetzt war es ernst. Soll ich meinen
Mund halten? Soll ich anderen unnötig Angst
machen? Soll ich anderen den Urlaub zerstören?
Nein. Ich entschied mich dagegen. Es war eine
schlechte Entscheidung.
Ich nahm mein Zelt aus dem Auto und baute es
auf. Mühe brauchte das schon. Warum können
große Zelte nicht einfach hingeschmissen werden und sich dann von allein aufbauen? Ich

fühlte mich abgeschnitten. Von der Welt. Einge-
schlossen im Zeltpark.

Die dünnen Stangen des Zelts glitten langsam
durch die dafür vorgesehenen Schlaufen. *Meine
Güte, das kann doch nicht so schwer sein!* Nur
mit Mühe gelang es mir, das Zelt herzurichten.
Ungemütlich, sperrig und kalt.

Während ich mein Zelt aufbaute, füllte sich auch
der Platz um mich herum mit Zelten. Unser Platz
war ungefähre zwanzig Meter breit. Umgeben
von einer tiefen Hecke waren die Zelte in folgen-
der Reihenfolge aufgebaut:
Ganz links stand das Zelt von Eva. Dann kam
meins, wo Mama, Tom und ich drin schliefen.
Daneben war direkt das Zelt von Sandra und A-
nette, und darauf folgte das von Mali und
Michelle. Jetzt kam das Zelt von Sophia und A-
melie und dann das von Ivo und Matheo. Zuletzt
stand dort das Zelt von Bea und Colette und ganz
rechts das Zelt von Ben, Tim und Jan. Kurz gesagt: Die Zelte standen in einer Reihe. Ungefähr
mittig auf unserem Platz, also da, wo das Zelt

von Sandra und Anette war, war ungefähr sieben Meter weiter ein großes Bierzelt, wie jedes Jahr, aufgebaut. Dort haben wir gegessen, und am Abend saßen dort unsere "Muddis", wie Ben jetzt sagen würde.

Es war ungefähr fünfzehn Uhr dreißig, und die Sonne stand weit oben am Himmel. Ben, Jan und ich saßen an ihrem Zelt ganz rechts, in diesen bequemen Zeltstühlen, von denen mein Opa im Leben nicht mehr hochkommen würde. "Alter, diese Sonne!", regte sich Jan auf, doch es brachte nichts. Die Sonne blendete wie in einem Sonnenstudio.

"Kann dieses verdammte Licht mal aufhören zu scheinen?"

Ben und ich lachten.

"Alter, was lacht ihr?", fragte Jan und lachte mit. "Hör auf zu fluchen, die Sonne hat auch Gefühle!"

"Paul, das ist nicht lustig", stellte Ben fest und lachte doch.

"Deshalb hab ich ihn mitgebracht", sagte ich. Es war lustig. Wie immer. Und das vor allem, weil wir uns lange nicht gesehen hatten und unsere neuesten Insider präsentieren konnten. "Was machen wir heute noch so?", fragte ich in der Hoffnung, der Abend wird wieder so lustig wie immer.

"Ja, das beste kommt zum Schluss. Lass einfach am Abend mit Mali und so durch den Park gehen", schlug Jan vor.

"Ist ja meeeeega geil!", freute sich Ben.

"Ja komm, wird cool!"

"Und, was hast du für die achte Klasse gewählt?", fragte Jan, denn wir gingen auf unterschiedliche Schulen.

Alle außer mir gingen auf ein Gymnasium in Mönchengladbach. Ich ging auf eins in Viersen. Mönchengladbach und Viersen liegen nicht weit auseinander. Doch nach der Grundschule entschieden sich die meisten, nach Mönchengladbach zu fahren.

"Ich habe Französisch gewählt."

"Was?", fragte Jan unglaubwürdig.

„Ja, ich kann's halt", protzte ich ironisch. "Das muss doch voll viel Arbeit sein." "Gute Feststellung. So ist es. Was habt ihr gewählt?"

"Informatik", schoss es aus beiden Mündern. "Und wie ist das so?"

"Einfach", antworteten beide wieder im Chor.

"Was macht ihr denn da?"

"Also bis jetzt nur Dokumente formatieren, anordnen und so etwas."

"Ja, das klingt ja noch einfach."

"Hoffentlich bleibt es auch so."

Ich stand auf und ging zu meinem Zelt. Tom spielte mit Sophia und Amelie im Sandkasten, der direkt neben unserem Platz stand. Erst jetzt, als ich zu den dreien hingegangen bin, bemerkte ich, dass weit und breit keine Zelte um uns standen. Nur ein einziges, in der hinteren Ecke, direkt am Waldrand, an der hohen Hecke stand eins. *Wer sich dahin wohl verzieht ...* dachte ich und lachte innerlich, ließ mir jedoch meine Angst nicht anmerken.

Weit und breit kein Zelt. Wo sind wir hier?

Nico und Helen

Es war ein düsterer Freitagnachmittag. Der Wind rauschte zwischen den Blättern der Bäume im Wald und die Äste wirbelten mit ihnen. Der Nebel verschloss die Sicht des Feldweges und es überzog sich eine graue, ja fast schwarze mit Regen gefüllte Wolke über Nico. Er spürte den Zorn und die Gewalt des Wetters, das sich grade aufzog. Nico fuhr wie fast jeden Tag mit seiner Mutter Helen eine ungefähr zwanzig Kilometer lange Fahrradstrecke. Er bebte auf dem Fahrrad. Die beiden konnten fast nicht Stand halten, doch heute war es für sie ein besonders gutes Training. Der Wind machte die Runde schwieriger als sonst. Nico konnte nicht mehr. Er war wie Helen fast aus der Puste. Doch die beiden wollten weiterfahren. Unbedingt.

„Im Wald wird's gleich einfacher", rief Helen. Sie vermutete, dass der Wind ihre Worte wegblies, doch Nico verstand.

Die beiden näherten sich dem Wald. Die Maisfelder rechts und links von ihnen wurden leerer und leerer und rechts vorne waren bereits die Bäume des Waldes. Nico fühlte sich beobachtet. Es war ihm unwohl. Der düstere Wald schloss sich um ihn. Es war dunkel im Wald. Es war schrecklich. Es war der reine Horror für ihn. Und immer noch beobachte ihn jemand. Er spürte ihn. Es war jemand in der Nähe, der ihnen nichts Gutes wollte. Nein, er wollte sie umbringen. Er wollte sie ermorden. *Warum denke ich sowas?* fragte Nico sich. Der Feldweg wurde durch einen fast matschigen Boden aus Erde und verfaulten Pflanzen ersetzt. Das Tageslicht wurde durch vom Sommer verbliebene Blätter an den Bäumen ausgelöscht. Es war dunkel. Die Lichter der Fahrräder erhellten den Weg. Ein starker

Windzug ließ die beiden nach hinten treiben. Sie fuhren weiter. Schauer überzogen den Wald und ließen dicke Regentropfen auf Nico und Helen fallen. Der schmale Weg des Waldes hatte keine Kurven. Er ging gerade nach vorne. Ein großer Ast versperrte den Weg. Nico und Helen stiegen von ihren Rädern ab und hoben sie zur Seite. Sie fuhren weiter und bogen in die einzige Kurve nach rechts ab. Der Wald nahm sein Ende und eine große verwüstete Wiese lag rechts von ihnen. Links war eine Gaststätte mit Unterkunft, jedoch genau so verwüstet wie die Wiese. Das Fenster des Obergeschosses stand weit auf und das Fensterbrett war zerbrochen. Die Hauswand hatte einen großen Riss, in dem sich bereits eine Kletterpflanze sesshaft gemacht hatte. Die Tür war aus Holz und völlig verwesen. Es war gewissermaßen eine halbe Tür, die von einem Vierjährigen zu einer kaputten Tür gemacht werden konnte.

Immer noch spürte Nico, dass jemand in der Nähe war. Im Haus? Hinter ihnen? Neben ihnen? Vor ihnen?

Doch es war niemand da. Nico konnte niemanden sehen.

Kurz nachdem Nico und Helen das Haus passierten, sagte Helen: „Komm schon Nico, den Wind müssen wir ausnutzen." Nico seufzte.

„Lass uns umdrehen und durch den Wald fahren." Die Waldtour war die längste von den beiden. Bei so einem Wind kann Helen nicht widerstehen. Sie wollte unbedingt durch den Wald fahren. So ist der Weg am längsten. *Gutes Training ...*

Sie wendeten auf dem Parkplatz des heruntergekommenen Hauses und fuhren wieder in den Wald hinein.

Der schmale weg wurde allmählich breiter und die beiden kamen auf die Kreuzung im Wald zu. Sie bogen nach rechts ab und es wurde immer dunkler. Die Blätter wurden dichter. Plötzlich hörten sie ein Auto. *Der Förster*, dachte Nico. Es war ein Auto mit rechteckigen Scheinwerfern. Ein altes Auto musste es sein. Doch es wurde immer schneller. Und es bog nicht ab. Das Licht, das durch den Nebel schien, wurde immer heller. Der Motor immer lauter. Nico schrie, laut, immer lauter. Er rief nach seiner Mama. Schreckliche Schreie kamen aus seiner Kehle, bis das Auto beide erfasste und überfuhr.

7

Paul

"Warum hast Du so einen süßen Bruder?", fragte Sophia verspielt.

"Der kann auch ganz schön anstrengend sein", antwortete ich.

"Aber auch süß!", spottete Amelie.
"Ihr könnt ihn ja haben", sagte ich ironisch.
"Ja, komm, wir adoptieren Tom. Oder Tommi, gehst du zu die Sophia und zu die Amelie?"
Tom schaute Sophia nur schräg an. Wir mussten lachen.

"Jetzt ist er tatsächlich süß!", stellte ich fest.
"Okay, ich geh mal wieder."
So entfernte ich mich wieder vom kleinen Spielplatz, der nur wenige Meter von unserer Hecke entfernt war, die unseren Platz gewissermaßen

unnötig einsperrte, da ja sowieso keiner außer diesem mysteriösen Zelt am Zaun in unserer Nähe war.

"Kommst du mit?", rief Ben, der mit Jan und Tim schon am Ende unseres Platzes stand.

"Wohin?"

"Zum See. Mal schauen, was da abgeht", antwortete Jan.

"Ja, ich komm."

"Geil!"

So machten wir uns auf den Weg. Die schmalen Wege, wo gerade so ein Auto durch passte, führten uns an Mülltonnen und massiven Bäumen vorbei, bis hin zum einzigen Waschhäuschen im ganzen Park. Bis hin zum verlassensten Haus, das wir je gesehen haben.

"Und da sollen wir duschen?"

"Auf keinen Fall!"

Das Haus sah wie eine Ruine aus. Man sah, wie die Nadeln der hohen Tanne wie Schnee am Rand runter rieselten. Die Scheibe der Tür war eingeschlagen. Eine Glühlampe schwang vor der

Tür viel zu tief, vom leichten Wind angestoßen. Das Haus, nein die Ruine, sah aus, als würde sie in jeder Sekunde in sich zusammenbrechen. Plötzlich kamen Mali, Sophia, Amelie und Michelle angerannt.

"Sagt nicht, das ist das Klo!" Die vier waren geschockt.

"Doch, alter!", sagte Ben.

Wie immer beruhigte ich die Lage. "Leute, ganz ruhig. Wir finden sicherlich eine andere Lösung."

"Ja, ich hoffe!", trotzte Sophia.

Wie kann die Jugend so pingelig sein?
"Kommt, wir gehen erst mal zum See", bestimmte Mali.

"Links oder rechts?", fragte Michelle.
"Ich würde sagen links", sagte Tim.

"Dann kommt."

Das Haus sah von der linken Seite verschimmelt, schäbig, einfach nur grässlich aus.

Ich versuchte mir meinen Schock nicht anmerken zu lassen, als ich einen Arm in der linken Ecke hin und her schwingen sah.

Christoph Langen

„Fahr los!", schrie er seinen Kollegen an.
„Ja", antwortete Tobias. Christoph machte das
E-Horn an und die beiden fuhren los. Das Blaulicht erhellte die düstere Straße und ließ die
Blicke der Passagiere des Viersener Busbahnho-
fes auf das Zivilfahrzeug schweifen. Ein Mord.
In Viersen. In einem Wald.
Christoph Langen arbeitete bei der Kriminalpo-
lizei und war Leiter der Mordkommission. Er
erhielt über den Funk die Nachricht: „Es sind
eine Mutter und ein Jugendlicher überfahren
worden. Rettungsdienst ist schon da, sehen aber
keine Chance." Bei dem Wort ‚Überfahren‘
kniff Christoph die Augen zusammen und drehte

sich zum Fenster. Er war getroffen. Überfahren. Ein Jugendlicher. Fast noch ein Kind.

Sie stellen das Auto am Waldrand ab und gingen zum Tatort. Der Rettungsdienst hatte bereits abgesperrt und die Notärztin kam ihm entgegen. „Hallo Frau Kling", sagte er düster. „Brigitte. Hallo Christoph", erwiderte sie. Er schaute sie an. *Bin ich nicht älter? Biete ich nicht das 'Du' an?*

„Ja, wie es aussieht, sind beide von dem Auto überfahren worden. Wir haben das Auto nicht berührt. Ist alles so wie es war." Christoph schaute auf den Tatort hinter ihr. Dort lagen die Leichen. Tim Vogt, 13 Jahre alt. Helen Vogt, 43 Jahre alt.

Als Tobias die Leichen sah, drehte er sich um und übergab sich. Christoph sah, dass das schon mehreren Mitarbeitern der Feuerwehr und des Rettungsdienstes passiert war.

„Ich habe noch nicht", erwiderte Brigitte belustigt, doch Christoph schaute sie streng an. Es war keine Zeit für Späße.

Nun war er an der Reihe. Auch wenn es für ihn keine leichte Aufgabe war, musste auch er sich die Leichen anschauen. Er machte sich Notizen, schaute kurz über die zertrümmerten Knochen. Das Blut war rund um die Leichen verteilt. Der zerbrochene Schädel ließ das Gehirn sichtbar. Doch es war kein Gehirn mehr. Die Gerüche der "natürlichen Säfte", wie Karsten aus der Gerichtsmedizin jetzt sagen würde, ließen Christoph würgen.

"Puh."

Christoph musste die Zähne zusammenbeißen, als er die überfahrenen Leichen sah. Und dann passierte es auch ihm. Er übergab sich. Wenige Minuten später traf Karsten ein. Christoph und Karsten kannten sich schon, deshalb sagte er Karsten, was er noch kontrollieren sollte. Er wollte nicht dabei sein, so ging er zu seinem Zivilwagen und setzte sich hin. Er starrte in den Wald. Ins Leere. In die Finsternis.

Nachdem er sich ausgeruht hatte, ging er noch einmal zur Notärztin, die gerade in das „NEF", für Christoph ein Krankenwagen, (*immer diese Fachausdrücke*), einsteigen wollte.

„Christoph, schön dich zu sehen!", rief sie. „Ich habe noch eine Frage. Wer hat Sie eigentlich verständigt?", fragte Christoph schnell.

„Sabine Schmitz. Ein Zufall, bei ihr kaufe ich immer mein Parfüm, riechst du es?" *Was sollte das denn jetzt?*

„Und wo ist sie jetzt?", fragte Christoph. „Ich habe sie nach Hause geschickt. Sie war unter Schock von dem Anblick." *Und du bist Notärztin, na klar. Die ist bleich vor Schock und du schickst die nach Hause. Wie wär's damit, die zum Krankenhaus zu bringen? Zum Psychiater?*

Christoph kochte vor Wut.

„Aha", sagte er stumm und ging zum Auto. Er sah nur noch wie Brigitte das Blaulicht anmachte und damit losfuhr. Er rief den Kanal der Feuerwehr auf und fragte die Leitstelle: „Leitstelle Viersen von der Mordkommission kommen!"

„Leitstelle hört."

„Ist das NEF 8-1 grade im Einsatz, kommen?"

„Nein, hat sich grade von dem Mord abgemeldet. Kommen."

„Danke, Ende."

Den Spaß erlaubte Christoph sich: Brigitte hörte das über den Funk mit.

Um 21 Uhr kam er zu Hause an. Er stand genauso wie die Bürger aus Viersen unter Schock. Ein Mord. Ein typischer Fall für den Leiter der *Mord*kommission. Aber an einem Kind. An einem 13-jährigen Jungen. Und seiner Mutter. *Wenn ich den bekomme ...*

Er ging ins Bett, bekam die Augen schnell zu und versank nach kurzer Zeit in einen doch unruhigen Schlaf.

Paul

Das ... das kann nicht sein. Alles gut, Okay? *Es ist gar nichts gut. Das ist der reinste Wahnsinn.* Wenige Sekunden später war der Arm weg. *Er baumelte doch gerade noch so darunter. Was ist los mit mir?*

"Hey!", rief Jan.

"Ja, ich komm ja schon", nuschelte ich vor mich hin, während ich bereits weiter nach vorne, zu Jan, Ben, Tim, Mali, Sophia, und Amelie gelaufen bin.

"Ich freu mich auf nachher!", rief Mali und drehte sich beim Laufen. *Da ist die Vorfreude aber groß!*

"Wie läuft's eigentlich bei euch so in der Schule?", fragte ich die Mädchen.

"Ja alles gut. Nur Chemie ...", die drei schauten sich an.

"Na ja", sie lachten.

"Es ist Okay."

Alle waren gut drauf. Wie möchte man sich einen Kurztrip besser vorstellen? Die Frage ist eher: Wie möchte man sich einen Kurztrip nicht vorstellen? Hier ist es eine Aussage. *So* möchte man sich einen Kurztrip nicht vorstellen. *Paul, was machst du jetzt? Sag ich es oder nicht? Was ist das Beste?*

Ich wurde aus meinen Gedanken gerissen.

Als wir am Wasser ankamen, sahen wir einige andere am Wasser entlanglaufen. Nach Strandurlaub sah es nicht aus. Es entwickelte sich zum Gegenteil.

"Na toll, und ich habe nur ein T-Shirt an!", sagte Ben, dessen Gebiss zu zittern anfing. Auch Sophia, Mali, Michelle und Amelie, die langsam auf uns zukamen, war es langsam zu kalt.

"Alter, dieser Wind!", beschwerte sich Sophia.

"Lass mal nach Hause gehen", sagte Amelie und

schaute runter in den Sand, der langsam vom Wind bewegt wurde.

"Ne, ich fahr jetzt ganz sicher nicht nach Deutschland!", stellte Sophia fest. Wenn man sich lange nicht gesehen hat, fand jeder so einen Witz lustig. Hoffentlich ändert sich das nicht.

Und so verblieben wir auch. Auf dem Rückweg kamen wir an einem Spielplatz vorbei, an dem mehrere Sportplätze wie ein Basketballplatz und ein Fußballplatz grenzen. Wir beschlossen an diesem Abend dort vorbei zu schauen.

Der Nachmittag verging, wir waren auf unserem Platz zurück. Alle Zelte standen bereits und das große Bierzelt war auch fertig zum Essen. Während des Grillens ging die Sonne langsam unter.

"Komm, lasst uns los gehen", sagte Jan. Und so gingen wir, Mali, Michelle, Sophia, Amelie, Ben, Jan, Tim und ich los. Die Sonne war fast nicht mehr sichtbar. Der Horizont färbte sich rot ein. Ein leiser Windzug machte sich auf.

"Und, wie ist es so in deiner Klasse?", fragte Amelie mich.

"Na ja, alles prima. Wir sind älter geworden, das merkt man", stellte ich fest.

Sophia sagte: "Bei uns nicht", und schaute zu Jan, Ben und Tim.

"Hey!", verteidigte sich Jan.

Bis jetzt haben wir fast nur gelacht. Lachen ist gesund. Doch das Lachen sollte bald vergehen.

10

Christoph Langen

Der nächste Morgen. Christoph machte sich bereits um sechs Uhr fertig. Seine Laune war besser als gestern und er hatte sich gut erholt. Heute wird weiter ermittelt. *Hoffentlich ohne diese Notärztin.*

Christoph aß ein Toastbrot und merkte nicht sofort, dass es ein Vollkorn-Toastbrot war. *Geht da auch Marmelade drauf? Egal, mach einfach.* Als das Toastbrot im Toaster war, ging er zum Briefkasten seines Hauses. Es war ein kühler Mittwoch und er holte die Zeitung heraus. Als er wieder hinein ging, schloss sich die Tür. *Durchzug ...*

Er setzte sich hin und schmierte sein Toastbrot. Nach dem Frühstück machte er sich fertig. Er duschte, putzte die Zähne und zog sich an.

Um halb acht stieg er in sein Auto. Der Radiosprecher möchte ihn wahrscheinlich umbringen, dachte er. *Um halb acht plappern die schon wie in der Comedy-Show um zwanzig Uhr fünfzehn.*

Er drehte das Radio seines BMWs ab und fuhr in Stille zur Polizeidienststelle. Von seiner Wohngegend in Viersen Beberich ist die Wache in fünfzehn Minuten zu erreichen. Er fuhr über die Freiheitsstraße und sah, dass gerade ein Fahrzeug der Feuerwehr ihm auf der anderen Spur entgegen kam. Eine Ausfahrt weiter war die Feuerwache. Die Freiheitsstraße war wie eine Hauptstraße. Man kommt von Mönchengladbach direkt über die Freiheitstraße nach Dülken. *Sag nicht, das ist die Notärztin.* Doch tatsächlich.

Himmel, sie ist es!

Brigitte winkte aus ihrem „NEF" (bei dem Wort lachte Christoph immer) und rief durch den

52

Verstärker des Fahrzeuges: „Hallo Christoph!"
Dafür macht sie das Martinshorn aus ... Klasse!
Die Freiheitsstraße grenzte direkt an die Lindenstraße an. *Eine direkte Verbindung zu Brigitte ...*
„Hallo Herr Langen", begrüßte ihn eine Frau,
die er nicht kannte. Christoph Langen kannte nur
die Beamten aus seinem Gebiet. Christoph betrat
den Fahrstuhl und fuhr in das zweite Oberge-
schoss zu seinem Büro. Er lehnte seinen Kopf an
die Fahrstuhlwand und lächelte: *Ich kläre diesen
Mord auf!*
Das große Büro von Christoph hatte einen
Schreibtisch an der Wandseite und einen kleine-
ren runden Tisch an der Fensterseite.
Drumherum standen zwei Sessel. Er setzte sich
auf seinen Stuhl und schaltete den PC an. Kurz
danach klopfte jemand an die Tür.
„Herein", brachte Christoph düster aus sich.
„Frau Schmitz ist da. Soll ich sie zu Ihnen herein
bringen, Herr Langen?"

„Nein, Sie sollen ihr einen Einhorn-Luftballon geben und sie zum Augenarzt bringen", erwiderte er.

Die Beamtin, die Christoph endlich einmal kannte, verließ den Raum ohne etwas zu sagen und schloss die Tür.

Christoph bewegte sich zum Fenster und schaute hinaus.

WAS IST DAS?!

Er sah, wie eine Frau von geschätzt 40 Jahren mit einem Einhorn-Luftballon das Gebäude verließ.

Du willst mich doch …!

„JANICE! HOL DIE FRAU WIEDER!"

Keine drei Minuten später sah er, wie Janice ihr hinterherlief und sie zurückholte.

Es klopfte an die Tür.

„Ja los. Rein jetzt."

Er ging zu Janice und bückte sich zu ihrem Ohr. Schrill sagte er: „Darüber reden wir nachher nochmal!"

„Hallo Frau … wie war Ihr Name gleich?",

„Sabine Schmitz."

Was für ein interessanter Name, Sabine!

„Ja, dann erzählen Sie!"

„Was denn? Können sie auch freundlich sein?"

Wenn meine Kollegin dich mit einem Einhorn Luftballon nach Hause schickt, dann versteh meine Unfreundlichkeit doch!

Er riss sich zusammen.

Na dann eben etwas „netter".

In seinen Gedanken betonte er „netter" in seiner genervten Art.

„Frau Schmitz, was ist am vergangenen Tag passiert?"

„Entschuldigen Sie. Ich bin immer, wenn ich an das denke, komplett raus."

Sie schaute auf dem Boden und legte die Hand an die Stirn. Christoph kannte diese Position sehr gut. Viele Menschen, die wegen einer Befragung zu einem Mordfall bei ihm waren, waren auch nach der Therapie innerlich von diesen Momenten verstört.

Blöd, dass die hochstudierte Notärztin dich nicht zum Psychotherapeuten geschickt hat.

Ihr liefen Tränen über die Wangen. Sie schaute aus dem Fenster.

„Schaffen Sie es weiter zu machen?"
„Ja, ja", sagte sie undeutlich vor Trauer.

Christoph berührten solche Momente nicht. Sie fuhr fort.

„Ich war joggen. Und dann …" Sie hielt inne.
„Und dann war da dieses Bild." Sabine Schmitz weinte immer bitterlicher. „Diese Frau. In der Mitte durch …" Sie konnte nicht weiterreden. Christoph saß weiterhin stur, mit finsterer Miene auf seinem Stuhl. Er ließ ihr Zeit.
„Der Junge war …" Sie konnte nicht mehr. Obwohl sie vor Trauer und Schrecken weinte, wollte Christoph weiterkommen. Sie konnte nicht alleine weiter erzählen.
„Wann haben Sie die Leichen entdeckt?"
„Es war so …" Sabine stockte. Sie hatte sich etwas beruhigt. „So gegen sechs. Ich habe die Uhrzeit gesehen, als ich den ADAC gerufen habe."

Noch so jemand, der die 110 nicht kennt ...

„Ich konnte nicht mehr. Doch die Notärztin hat mich nach Hause geschickt."

Was auch sonst ...

„Wie haben Sie den Tatort aufgefunden?"

„Ich habe das Auto, dieses düstere, schreckliche Auto vor den beiden gesehen. Ich jogge immer an dem Weg vorbei und habe dann diese ... Entschuldigen Sie."

Sabine rannte raus.

Das ist mir gestern auch öfters passiert ...

Christoph drehte den Stift in seinen Händen. Er war vertieft in seine Gedanken.

Was hat Tim gedacht? Was waren seine letzten Worte? Mama? Hilfe?

Diese Gedanken machten auch Christoph traurig.

Sabine Schmitz kam zurück.

"Frau Schmitz, das reicht mir erst einmal. Bitte gehen Sie zum Psychiater oder zur Notaufnahme."

"Ja, mach ich. Schönen Tag noch", sagte sie und

verließ das Büro. Christoph dachte nach. *Wer steckt dahinter? Was könnte es sein?*

Heute hatte er noch ein Treffen mit dem Mann der überrollten Frau. Um 16 Uhr sollte es stattfinden. So verbrachte er den Tag in seinem Büro. Christoph schlenderte um 14 Uhr in die Stadt. Er musste etwas runterkommen. *Warum haben wir keinen einzigen Hinweis? Nur das Auto, das gerade untersucht wird. Nur die Fahrräder. Nur die Toten.*

Der Busbahnhof in Viersen war überfüllt von Schülern, die den Heimweg aufsuchten. Die Busfahrer waren gereizt wie jeden Tag, Christoph erkannte es an ihren Blicken. So ging er in den Rathausmarkt hinein und kaufte sich ein Eis, was er sonst nie aß. Er brachte etwas Süßes. Er setzte sich und dachte nach. *Wo können wir weitermachen? Wie können wir den Mörder finden? Eine bessere Frage: Tötet er weiter?*

11

Paul

Die Nacht birgt das Unbekannte. Der raue Asphalt des Basketballplatzes schimmerte von den hohen Lampen. Wir gingen nebeneinander die letzten Meter des schmalen Weges bis zum Platz. Mali, Amelie, Michelle und Sophia spielten etwas Feldhockey, während Jan, Ben, Tim und ich uns am Rand über den Abend unterhielten. "Hä, lass uns doch nachher mal in dieses Waschhaus rein", schlug Jan vor. "Ne, ganz sicher nicht!", erwiderte Tim. Ich war auch nicht so begeistert. *Der Arm ...* "Alter, wer das macht, bekommt fünfzig Euro!" "Ocken heißt das!", unterbrach ich ihn. "Okay! Fünfzig *Ocken* auf die Hand!" "Da trag ich lieber Zeitungen aus", sagte ich.

Mali, Sophia, Michelle und Amelie kamen hinzu.

"Ich mach's!", protzte Mali und lachte auf.

"Mali, spinnst du?", Sophia schaute sie verdutzt an.

"Nö", antwortete Mali prompt.

"Ja komm, lass machen", sagte Amelie.

"Ich halt mich da etwas zurück", sagte Michelle und Sophia, Tim und ich stimmten ihr zu.

"Okay. Wir spielen jetzt Hockey gegeneinander. Wenn ihr gewinnt, muss ich zuerst darein. Wenn ich gewinne, müsst ihr zuerst darein", schlug Ben vor.

"Okay. Deal?"

"Deal!"

Ben gab Mali und Amelie die Hand.

"Los!", rief ich.

Ben gegen Mali und Amelie.

"Mali, hier!"

Der Puck wurde von Seite zu Seite geschlagen. Plötzlich fing eine der vier hohen Lampen, die um das Feld standen, an zu flackern.

"Leute, was ist das?", fragte Sophia. Mali, Amelie und Ben kamen zu uns an den Rand.

"Okay, das ist jetzt schon etwas gruselig", sagte ich mit Humor.

Das Licht flackerte und flackerte. Mein Blick streifte über den Asphalt, der von harten Schatten belichtet war.

"AHHHH!", schrie Sophia auf. Jan erschreckte sie von hinten.

"Man!"

Jan lachte nur, so wie alle anderen und Sophia auch.

"Ich habe mich erschrocken!" Sophia lachte.

"Leute, lasst uns zurückgehen. Wir setzen uns in einen Stuhlkreis. Wie letztes Jahr", schlug Michelle vor.

"Gute Idee", bestätigte Mali. Alle stimmten zu. So gingen wir in einen der schmalen Wege rund um den Platz und hofften, möglichst bald am Platz 5b anzukommen und uns nicht zu verirren.

Während wir durch die schmalen Gänge, nun mit den Handy-Taschenlampen an, gingen, raschelte es ab und zu in den hohen Hecken rund um uns. Plötzlich hörte ich glasklare Schritte auf dem Boden.

"Da ist jemand!"

Ich sah nur Umrisse einer Person, hörte laute Schreie von Sophia und Amelie und rannte weg. Rannte um mein Leben.

12

Christoph Langen

Zwei Stunden später war der Mann der Verstorbenen auf der Wache. Elliot Vogt, 44 Jahre alt. Er war in Schwarz gekleidet. *Wie sonst ...* Christoph war ein gereizter Mensch. Er dachte über alles skeptisch und ironisch nach. Außerdem nahm er Mitmenschen meistens nicht ernst. Doch an seinen Ermittlungen hielt er immer fest. Nie verlor er das Interesse an seinen Fällen. Wenn er sagte, dass er den Fall lösen wird, dann machte er das.

Elliot Vogt saß vor seinem Raum auf dem weißen, schlichten Stuhl.

"Folgen Sie mir bitte", sprach Christoph in ruhigem Ton. Elliot Vogt stand ruckartig mit ernster

Miene auf und betrat mit Christoph den Raum. "Setzen Sie sich", befahl Christoph.

Als beide gemütlich in den Sesseln der Fensterseite saßen, begann Christoph: "Herr Vogt, ich möchte Ihnen mein Beileid aussprechen." Keine Sekunde später fing er direkt mit dem Thema an: "Wann haben Sie Helen und Tim zuletzt gesehen?"

Elliot Vogt schaute aus dem Fenster. Stur. Voll Trauer.

"Als sie gegen fünf losgefahren sind", sagte Elliot, in einer Tonlage, die Hass und Schmerz fühlen ließ.

"Das hätten sie nicht machen dürfen", flüsterte er voll Trauer.

"Herr Vogt, ist Ihrer Frau in letzter Zeit etwas passiert? Erpressung? Verbrechen?" "Nein, sie war so drauf wie immer", flüsterte er. Elliot war am Boden zerstört. Sein Familientraum war beendet. Genauso wie sein Leben. Er wird die beiden nie wieder sehen. "Ist Ihrem Sohn etwas in der Schule passiert?"

"Nein, er war nur etwas trüb drauf in letzter Zeit. Irgendwie nicht mehr so fröhlich."
"Nicht so fröhlich?"

"Nein, er redete nicht mehr so viel, hat aber noch gut gegessen, in der Schule gut mitgemacht."
"Hatte er eine Freundin? Oder Liebeskummer wegen eines Mädchens?"

Elliot antwortete nicht. Er starrte in den Himmel, nach draußen.

"Herr Vogt. Ich möchte Sie nicht zu stark belasten. Gehen Sie nach Hause, es ist besser so." Es machte keinen Sinn mit so einem zerstörten Mann zu reden.

Elliot Vogt antwortete nur kalt: "Danke sehr für Ihre Ermittlung", und umarmte Christoph. Elliot verließ den Raum.

Ein trüber Abend für Christoph. Er las und dachte nach.

Wie gehen wir vor? Warum haben wir überhaupt keine Spuren? Und warum war Tim in letzter Zeit nicht fröhlich?

Doch er fand keine Antwort.

Es vergingen Stunden, doch Christoph kam nicht zur Ruhe. Er brauchte eine Antwort, doch es gab keinen Anhaltspunkt.

Christoph stand auf. *Lesen.*

Er nahm sich ein Buch, egal was, irgendetwas zum herunterkommen.

Nachdem er minutenlang, es konnte auch bereits eine Stunde gewesen sein, in dem langweiligsten Buch, dass er je gelesen hatte, rumgeblättert hatte, klingelte plötzlich sein Telefon. *Sag nicht, es ist Brigitte.*

Unbekannt?

Christoph nahm ohne über irgendetwas nachzudenken ab.

"Christoph Langen, Mordkommission, guten Abend."

"Hilfe, hilf mir!"

Scheiße! Christophs Herz raste.

"Mama, Papa, hilf mir!"

Ein Mädchen schrie.

"Wo bist du?", fragte Christoph.

"WO BIST DU VERDAMMT NOCH MAL?!", platze es aus Christoph raus. Das kleine Mädchen schrie laut auf und es knallte.

"So, jetzt ist sie erst mal leise. Na Christoph, was gibt's?"

"Ich sage Ihnen, egal was Sie tun wollen, lassen Sie das Mädchen los! Jetzt!", schmetterte Christoph in den Hörer. "SAGEN SIE MIR, WO SIE SIND!"

"Mal ganz ruhig jetzt", entgegnete er Christoph gelassen.

"Ich habe dir das gar nicht zu sagen, denn du weißt gar nicht, wie leicht ich alles hier beenden kann."

"Sagen Sie mir, wie ich das Mädchen retten kann!"

"Gar nicht", sagte er provokativ.

"Sagen Sie mir jetzt, wie ich sie bekomme!" Der Unbekannte legte auf.

Wenn ich den bekomme - jetzt Besprechung!

Nach fünfzehn Minuten saßen alle im Präsidium bereit.

"Heute, einundzwanzig Uhr dreizehn bekam ich einen Anruf. Wie jeden Anruf wurde auch dieser von meinem Diensthandy aufgenommen. Bitte hören sie!"

Als Christoph dem Anruf zuhörte, konnte er sich fast nicht zurückhalten. Er kochte vor Wut. *Das muss ein Zusammenhang mit dem Mord an Helen und Nico Vogt haben!*

Paul

"Was ist das hier für eine Scheiße?", fragte Sophia, während wir noch rannten. "Leute, Leute, ich glaube, hier ist keiner mehr", sagte Tim.

Wir waren hunderte von Metern gerannt. "Alter, bin ich aus der Puste!", sagte Mali. "Leute, aber wenn Sandra und so davon mitbekommen: Wir fahren sofort nach Hause. Habt ihr da Bock drauf?", fragte Jan. "Ne, lass uns das einfach nicht erzählen", meinte Ben.

"Ich habe jetzt schon ein bisschen Angst", sagte Amelie.

"Ich glaube, das hat hier jetzt jeder", erläuterte ich. *Nicht erst seit jetzt ...*

"Ich würde sagen, wir gehen jetzt mal zurück."

Nachdem wir wieder an Platz 5b angekommen waren, sagten wir kurz im großen Zelt Bescheid, dass wir da waren.

"Kommt, wir setzen uns dahinten hin."

Etwas vom großen Zelt entfernt, ließen wir uns in unseren angenehm tiefen Camping-Stühlen nieder.

Ein mehr oder weniger ovalförmiger Kreis aus Mali, Amelie, Michelle, Sophia, Tim, Ben, Jan und mir entstand.

"Was machen wir?", fragte Sophia. "WOP!"

"Okay, also denn: Wahrheit oder Pflicht!", sagte ich.

"Wer fängt an?", fragte Sophia.

"Ist ja egal. Wer will?"

"Ja komm, ich", sagte Jan.

"Wahrheit oder Pflicht an -"

"Hey!", rief Amelie mitten in Jans Satz. "Was ist mit dem Waschhaus?"

"Ach ja stimmt, scheiße!", sagte Sophia.

"Total vergessen", stellte Tim fest.
"Ja komm, lass uns dahin gehen", beschloss Jan.
"Wir sind nochmal kurz weg!", riefen wir zum großen Zelt. Als Antwort bekamen wir nur: "Lasst euch nicht klauen!"

Und so gingen wir den langen Weg rechts entlang zum Haus.

"Meine Güte, sieht das gruselig aus."
"Wer geht jetzt eigentlich rein? Muss ich oder Mali und Amelie?", fragte Ben.
"Schere, Stein, Papier entscheidet!", beschloss Jan.

"Ok, lass mal kurz machen", sagte Ben.
"Mali vs. Ben. Round one!"

"Schere, Stein, Papier!", sagten beide im Chor.
"Yes!", Mali hat gewonnen.

"Okay, round two!"

"Alter, was geht ab?", sagte Ben. Mali hat schon wieder gewonnen.

"Last round!"

"Schere, Stein, Papier!"

"JA!", rief Mali und rannte zu Amelie, sprang sie an und sagte: "Wir müssen nicht!" "Zumindest nicht als erste!", erwiderte Ben.

Wir gingen näher an das Haus heran.

"Na dann, geh rein."

"Alter, ich trau mich fast gar nicht", sagte Ben.

"Tja, hättest du mal nicht verloren", scherzte Mali.

"Okay Leute, ich gehe rein."

Der hell erleuchtete Vollmond schimmerte auf das Dach des mit Nadeln bedeckten Häuschens.

Ben drehte um, als er auf dem Weg zum Häuschen war.

"Das kann ich nicht machen!", lachte Ben.

"Sei keine Pussy!", erwiderte Jan.

"Ja ja!"

Das Knarren der Tür machte mir schon beim Zusehen Angst.

Ben schrie laut auf und rannte im Sprint zu uns.

"RENNT! ER IST DADRIN!"

Mein Herz hörte kurz auf zu schlagen. Ich rannte nur und hörte das laute Keuchen und die lauten Schreie.

14

Christoph Langen

"So, bitte sehr", sagte Christoph. Tobias Zettler, sein Kollege, mit dem er zum Mord von Familie Vogt gefahren war, erhob sich.

"Ist die Nummer anonym gewesen?"

"Ja, Tobias."

Er sprach seinen Kollegen Axel Bergers an. "Können Sie bitte das Amtsgericht kontaktieren? Wir brauchen dringend den richterlichen Beschluss, den Anruf zurückzuverfolgen."

"Wird gemacht, Herr Langen."

Ein Gewusel im Besprechungsraum entstand. Es kamen Beamte hinzu, es entfernten sich welche. Und nach und nach wurde es auch schlimmer für

Christoph. Er wusste, dass ein kleines Mädchen gerade misshandelt wurde.

"Guten Morgen, Herr Langen!"

"Keine Zeit mehr für guten Morgen! Ich warte schon die ganze Nacht auf Sie. Beschluss da oder nicht?"

"Was für ein Beschluss?"

Axel   ...

"Na der Beschluss, dass wir das Handy zurückverfolgen können!"

"Welches Handy?"

Noch nicht mal das hat dir Axel gesagt.

"Ein kleines Mädchen hat mich gestern Abend angerufen, eher ihr Entführer. Sie hat geschrien!", sagte er aggressiv. *Komm etwas runter, Christoph.*

"Ja, sofort!"

Der hat ein gutes Herz!

Andere Richter hätten sich jetzt noch schön einen Kaffee gemacht.

Ist schon zu viel Zeit vergangen?

15

Paul

"Alter!"

Wir rannten um unser Leben. "Er rennt uns hinterher!", schrie Michelle, die etwas hinterher hing, Tim zugleich. Mein Herz raste. Der ungleiche Rhythmus meines Sprints ließ meine Atmung fast erstarren, zumal alle Bilder der Nacht verschwammen. "AHHH!"

Das zerrissene Geschreie der Mädchen brachte mich zum Wahnsinn. Ich wusste nicht, wo ich war. Wir rannten alle weg. Einfach los. Einfach von diesem Psychopathen weg. "Leute", rief Mali.

"Ich glaube, er ist weg."

"Alter", sagte Jan.

"Ich bleib hier nicht länger!", betonte Sophia. "Das glaubt uns eh keiner!", spottete Ben. Ich hielt mich zurück, völlig aus der Puste. "Leute, ich habe aber auch ein bisschen Schiss jetzt", gab Jan zu.

"Sei keine Pussy!", äffte ich ihm nach. Er verstand und lachte.

"Ja ja, okay."

Der vom Mond erleuchtete Nachthimmel verbarg Gefahr in sich. Die schwarzen Krähen gaben laute Töne von sich, während wir unentschlossen durch den großen Ferienpark zu Platz 5b zurück liefen. Desorientiert versuchten wir unseren Platz zurückzufinden, schafften es allerdings nicht.

"Leute, wo ist unser Platz? Und warum ist bei uns weit und breit kein Zelt in der Gegend, hier aber nicht? Schaut doch, hier ist alles voll!", fragte Amelie. So richtig hatte keiner eine Antwort auf beide Fragen.

"Kommt, wir finden das. Da hinten ist doch der hohe Wald. Lass uns mal in die Richtung gehen", ermutigte ich die anderen. Tim und Michelle waren wie verstummt, vielleicht vom Schock. Bei diesem Gedanken schauerte es mir. *Er kann immer noch hinter uns her sein.*

"Da!", rief Mali plötzlich.
"Endlich!" Tim und Michelles Erleichterung war sichtbar.
Ein entspanntes Ausatmen bestätigte das warme Gefühl der Sicherheit als wir unsere Zelte sahen. Am Bierzelt angekommen sagte Sandra: "Die Kleinen schlafen schon. Seid ihr auch ruhiger?"
"Ja klar", antworteten Mali und Sophia gleichzeitig.
Wir gingen wieder zu unserem Stuhlkreis. "Leute, ich gehe aber gleich schlafen", stellte Amelie fest.
Alle bestätigten. Alle gingen schlafen. Ohne Sicherheit am nächsten Morgen wieder aufzuwachen, dafür aber mit Sicherheit, dass *ER* unmittelbar bei dir sein wird.

16

Christoph Langen

Was machst du denn hier?!

Brigitte.

"Christoph!", machte sich Brigitte bemerkbar, während Christoph so tat, als würde er sie nicht sehen.

Himmel.

"Hallo", grüßte Christoph ohne aufzuschauen.

Wer lässt die überhaupt hier nach oben?

Christoph saß auf seinem Schreibtischstuhl und schaute auf die Akte auf der Arbeitsplatte.

Mord 11.5.2018 Vogt, Nico / Vogt, Helen

"Wie geht es dir, Christoph?"

Vor zwei Minuten noch bestens!

"Mir geht es gut."

"Ah das freut mich. Mir auch!", antwortete Brigitte.

"Ich muss arbeiten", informierte Christoph.

"Eine Minute", bat Brigitte.

"Eine Minute was?"

"Christoph …"

Was ist?

"Ich ... Ich wollte dich mal etwas näher kennenlernen."

Glückwunsch. Magst du auch Toastbrot wie ich?

In Gedanken bei dem Mädchen, das grade vermutlich von einem Psychopathen gequält wurde, antwortete Christoph: "Können wir ja, aber ich muss diesen Mord hier zuerst aufklären!"

"Gut, wir sehen uns, mein Kommissar!"

Wow, ich wurde mit einem Possessivbegleiter "Kommissar" von ihr angesprochen. Was will man mehr?

Unbekannt. Der voreingestellte Klingelton des Nokia brachte Christophs Herz fast zum Stillstand.

"Christoph Langen", nahm er ab.

"Hallo?", antwortete eine helle Mädchenstimme. Das Mädchen schien außer Atem zu sein. Wie Christoph.

"Ja, hier ist die Polizei!", sagte Christoph schnell. "Wo bist Du?", fragte er. "Ich - ich bin in so einem Wald. Ich glaube. Er ist in meiner Nähe!"

"Wo ist der Wald?", fragte Christoph. "Hier, in ... An so einer Autobahn!" "Streng dich an, siehst Du irgendwelche Schilder?"

"Nein, warte - ich - AAAAHHHH!"

Das Mädchen fing an zu schreien. Christoph rief in den Hörer, sie solle wegrennen. "RENN!", schrie Christoph, bis er den Schuss hörte und das Telefonat beendet worden war.

Samstag, 12.5.2018
Paul

Das fröhliche Gezwitscher der Vögel ließ die Gefahr verblassen.

So leise. Ist noch keiner wach? Ich dachte nach. *Das ergibt doch alles keinen Sinn. Dieser Typ kann uns nochmal begegnen.* Doch ich wollte diese Gedanken ausblenden. Das Scheinen der aufgehenden Sonne und die Wärme des Frühsommers erleichterten das Aufstehen. Ich sah, dass Mama und Tom schon aufgestanden waren. *Trotzdem so still? Na dann steh ich auch auf.*

Auch wenn ich in Versuchung war, die Augen wieder zu schließen, stand ich auf. "Morgen", begrüßte ich alle. Sandra, Charlotte,

Anette, Diana, Eva, Colette, Bea und Tim und Tom waren schon aufgestanden. "So viele schlafen noch?", fragte ich. "Typisch", antwortete Tim.

Ich setzte mich auf die Bank.

"Wollt ihr schon mal Brötchen im Parkcenter kaufen gehen?", fragte Anette.

"Jo machen wir, oder?", antwortete Tim. "Ja klar", bestätigte ich.

Nachdem wir etwas Geld annahmen, machten wir uns auf den Weg.

"Gut geschlafen?", fragte Tim. "Den Umständen entsprechend ziemlich gut, muss ich sagen. Du auch?" "Ja, geht so. Die Luftmatratze ist aufgegangen", sagte Tim.

"Oh, kenn ich gut. Letztes Jahr ..."

"Eben typisch zelten."

Wir gingen rechts entlang, einige Plätze weiter, und erreichten die Sportplätze, die nicht weit vom Eingang und dem Parkcenter weg waren.

"Wenn du dir mal vorstellst, dass wir hier in der

Nacht vor irgendeinem Psycho weggelaufen sind
..."

"Kannst du laut sagen. Ich will nicht wissen, was
noch hätte passieren können."

"Ich auch nicht."

Die Sonne war mittlerweile schon etwas höher
am Himmel. Für halb acht Uhr morgens war sie
schon relativ weit oben, trotzdem war das laue,
warme, rötliche Licht da.

"Okay, dann lass uns mal rein gehen", bestimmte
ich.

"Mhhhhh!", stöhnte Tim. Die frischen Backwa-
ren befriedigten unseren Geruchssinn. "OMG!
Das riecht so gut", stellte Tim fest.
"Ich stimme zu."

Der große Laden war einladend offen und man
hatte einen Überblick über den ganzen Laden.
Check hieß er.

Die Brötchen waren warm, der Laden war voll.
Als wir draußen angekommen waren, zog eine
Wolke vor die Sonne. Der friedliche blaue Him-
mel war weg. *Toll.*

In der Hoffnung, die nette Wolke könne der Sonne wieder Platz machen, gingen Tim und ich zum Platz 5b zurück.

"Das ist ja wie ein Irrgarten", stellte ich fest.

"Allerdings!", bestätigte Tim, der kurz angehalten war, da er seine Schnürsenkel noch zumachen musste.

"Ich überlege ja immer noch, wer das gestern war", sagte Tim, der mittlerweile wieder auf meiner Höhe war.

"Mörder", spekulierte ich prompt.

"Na hoffentlich nicht!"

"Ne, aber jetzt mal ernsthaft. Das war ja nicht normal. Er, sie oder es ist uns ja hinterhergelaufen, bis ihr dann Entwarnung gegeben habt."

"Da unterhältst du dich ja mit dem richtigen. Ich bin nicht wirklich dafür geeignet, Vermutungen aufzustellen", antwortete Tim.

"Wenn sowas heute wieder passiert ...", ich unterbrach. "Ich weiß nicht, was wir machen sollen."

"Glaubst du, es ist nicht langsam Zeit, zu erzählen, was passiert ist?"

"Ich finde schon", antwortete ich, während ich
auf den Boden schaute.

"Lass uns das gleich mal die anderen fragen. Der
Weg bis zum Platz 5b war nicht weit, aber kom-
pliziert. Gestern hätten wir noch keine
Orientierung gehabt, mit der Zeit kann man sich
aber grob an den Bäumen zurechtfinden."
Langsam kam die schöne Sonne mir wieder entgegen und strahlte mir ins Gesicht. Schützend
hob ich meine linke Hand vor mein Gesicht.

Nur noch einmal nach rechts und wir waren da.
Angenehmer Wind zog auf. Ich genoss das Wetter.

"Und, alles bekommen?", fragte Sandra.
"Klar."

"Komm, wir setzen uns", sagte Tim.
Etwas vom Zelt entfernt setzten wir uns auf die
Zeltstühle.

"Also ich nenn die Dinger 'Anglerstühle'", sagte

ich.

"Guter Name!", stimmte Tim mit zu.

Das Wetter war ausgezeichnet. Der leichte Windzug war angenehm frisch und die leicht bedeckte Sonne sorgte für angenehmes Licht. "So möchte man doch jeden Morgen aufstehen!" "AAAAAAAHHHHHH!"

Ein lauter Schrei tönte aus einem der rechten Zelte.

"Eine Spinne", vermutete Tim. "Komm, wir gehen mal hin", schlug er vor. Sandra ging auch zu dem Zelt, das sie dem Schrei zuordnete, hin.

"Michelle?", fragte Sandra laut in das Zelt, während sie den Schutz öffnete.

Michelle schaute sie mit großen Augen an. "Mali ist weg!"

18

Christoph Langen

"Scheiße!"

Christophs Herz raste.

Was ist mit diesem Mädchen los? Wer ist das da?

Christoph wählte Tobias Zettlers Nummer. Als er abnahm, schrie Christoph sofort in den Hörer: "Ist der Beschluss da?"

"Ja, ich bring ihn dir."

Wenige Minuten später war ein Beamter mit dem Beschluss im Büro angekommen. Während Christoph schnell den Beschluss unterschrieb, bauten im rechten Teil des großen Büros bereits einige Beamte auf den Konferenztischen die nötige Technik zum Orten auf.

"Los jetzt", warf Christoph vor sich, vom massiven Zeitdruck ergriffen.

"So, wir haben's", ergriff ein Beamter das Wort. Christoph trat näher. Der Suchkreisel drehte sich in der Mitte des Bildschirms, bis ein Zahlencode angezeigt wurde.

ERR089

Himmel, nein!

"Kaputt", sagte der an der Technik sitzende Beamte prompt.

"Wie kaputt?", entgegnete Christoph energisch. "Handy ist zerstört worden. Wir können kein Signal aufbauen. Vielleicht wurde es überfahren oder durchschossen. Auf jeden Fall wurde es in irgendeiner Weise zerstört."

"Und die erste Nummer?", fragte Christoph. "Sofort."

Der Beamte, der leicht wie ein Computerfreak aussah, tippte alle Daten zum Orten ein. "Upps", sagte er verdutzt.

"Was?", fragte Christoph energisch. "Lindenstraße 50, 41747 Viersen. Also entweder über uns, unter uns oder neben uns."

Christophs Augen weiteten sich, als er den kalten Lauf einer Waffe an seinem Kopf spürte.

Paul

Mali ist weg! Der Satz schwing wie ein Echo durch meinen Kopf. In Gedanken an gestern Abend. *Er war es.*

"Bestimmt auf der Toilette", vermutete Sandra. Charlotte ergriff das Wort: "Aber – aber das hätten wir doch gesehen." In der Zwischenzeit kam Bea, die Mutter von Mali, hinzu. "Was ist los?", fragte Sie entsetzt. "Mali ist weg", sagte Michelle, den Blick gesenkt.

"Komm, wir gehen mal suchen", beschloss Tim. Mittlerweile waren auch die anderen Mütter hinzugekommen.

"Aber das dürfen die anderen Kinder nicht erfahren, die werden wahnsinnig", sagte Sandra.

"Erst mal schauen, wo sie ist. Geht nicht immer vom Schlimmsten aus", ermutigte Charlotte wie ein Lehrer einen sonst Spitzenschüler, der die Note ausreichend geschrieben hat.

Als Tim, Michelle und ich vom Platz 5b herunter gingen, sagte ich sofort: "Das war der Gestörte von gestern Abend!"

"Ich hab so keinen Bock mehr, Leute echt", spottete Michelle.

"Ich glaube, es ist langsam Zeit, Sandra und den anderen zu erzählen, was gestern Abend war."

"Eigentlich schon, aber jetzt los!", rief ich, während ich schon losgerannt war.

Wo rennen wir eigentlich hin? Mali kann überall auf diesem Platz hier sein. Ich erschrak. *Sie kann auch überall anders sein, in der Gewalt des Gestörten.*

Der lange Weg – vergeblicher Suche – von unserem Weg durch viele kleine Abzweige des Parks führte uns im Kreis letztendlich zum Toilettenhaus.

"Wir können da doch jetzt nicht rein gehen."

"Ich geh da nicht rein", entschied Michelle, immer noch geschockt davon, dass Mali weg war. "Wir gehen zurück zum Platz, dann schauen wir, ob sie zurück ist", schlug ich vor. "Ja, schnell jetzt!", hetzte Michelle.

Bea kam zu uns gerannt.

"Niemanden gefunden?", fragte sie hecktisch.

"Nein", löste Tim auf.

"Scheiße!"

Bea dreht sich um.

"Scheiße ey!" Sie war am Boden zerstört. *Wie würdest du reagieren Paul, wenn deine Tochter weg wäre?*

"Nicht gefunden?", fragte Anette.

"Ne", antwortete Michelle.

"Zum Glück sind die anderen Kinder noch nicht wach", sagte Sandra.

"Die dürfen davon nichts mitbekommen." "Wir müssen die Polizei rufen", forderte Bea berechtigterweise.

"Gehst du von einer Entführung aus?", fragte Colette prompt in die Runde, die aus Michelle, Tim,

Bea, Colette, Diana, Sandra, Eva, Charlotte, A-
nette und mir bestand.

"Ich weiß es nicht", flüsterte Bea, den Blick zum
Boden gerichtet.

Michelle ging in ihr Zelt zurück.
"Tim, komm mal kurz mit", sagte ich.
"Ja, was ist denn?", fragte er, als ich nach rechts
gelaufen bin, um zu schauen, ob das Zelt noch
am Ende des Platzes, am Waldrand, ist.
"Tatsächlich", sagte ich.

"Polizei muss noch nicht sein, lass uns lieber erst
mal abwarten", sagte Bea.

"Wirklich?", fragte Sandra in die Runde.
"Ja, sie kommt wieder."

"Okay, also, Ben, Jan, Mia, Tom, und vor allem
Sophia und Amelie dürfen davon nichts mitbekommen!", entscheid Charlotte.

"Gut."

Die warme Morgensonne wurde von einer neut-
ralen hellen Wolke bedeckt, frischer Wind zog
auf und eine tiefblaue Wolke war vom Westen
aus in Sicht. Mit der Zeit waren auch die anderen

aufgewacht und saßen am großen Tisch im Zelt.

"Wo ist Mali?", fragte Sophia.

"Die ist kurz …"

"… kurz beim Einkaufsladen", dachte sich Sandra schnell aus.

"Aha."

"Oh nein", sagte Amelie.

Regen. Die massive schwarze Wolke zog langsam über uns. Zuerst klatschten zarte Tropfen auf das Dach, doch schneller als gedacht hagelten harte Tropfen und Steine aus Wasser auf unsere Zelte.

"Gerade jetzt."

"War ja klar", lachte Sophia.

Der strömende Regen hörte bereits nach kurzer Zeit, ich schätze, es waren fünf Minuten, auf. "Zum Glück, sonst können wir ja gar nichts mehr machen!" Alle freuten sich.

Der nasse Rasen war wegen des Windzuges schnell von der Feuchtigkeit befreit, dennoch zischte er nach jedem Auftritt immer noch scharf in den Ohren.

Als nur noch Sandra, Bea und Charlotte im Zelt waren, sagte Anette schnell: "Wir sagen einfach gleich, dass Mali von ihrem Papa abgeholt wurde."

"Scheiße", fluchte Bea.

"Wie soll ich es ihm erklären?"

"Mali wird zurückkommen. Ihr wurde sicherlich nichts angetan", versuchte Charlotte sie aufzumuntern.

"Nein, sie ist weg. Für immer", flüsterte Bea vor sich hin. Tränen, so düster wie das Wetter auf dem Zeltplatz, liefen Bea das Gesicht hinunter.

"Wir sind am See, okay?", fragte Sophia, die alle gefragt hatte, ob sie nicht mitkommen wollen.

"Ja, aber geht nicht ins Wasser, es ist zu kalt", befahl Charlotte ihr.

"Ja, Mama."

Und so machten wir uns auf den Weg. Die dunklen Pfade des Parks schienen sich immer wieder zu wiederholen, jedoch konnten wir uns mittlerweile orientieren.

"Hier entlang."

Die Gruppe, bestehend aus Michelle, Sophia, A-
melie, Ben, Jan, Tim und mir, freute sich auf den
Tag. Wie jedes Jahr gab es keinen Plan.
"Freestyle", wie Anette jetzt sagen würde. Wir
entschieden uns zum See zu gehen. Auf dem
Weg dorthin war bereits der leichte Windzug zu
einem etwas frischeren und stärkeren geworden.
Die Äste der gigantischen Tannen wirbelten
energisch um sich herum und Tim machte seine
offene Jacke zu. Wer hat im frühen Sommer eine
Jacke mit? Nur wir!

"Meine Güte, geht der ab!", sagte, nein schrie
Sophia fast. Der Wind überdeckte momentan
jeglichen Ton und das dadurch entstehende Zi-
schen zwischen den Tannen verstärkte den
Zustand.

"Ich flieg gleich weg hier", meinte Amelie.
Der Wind beruhigte sich nach jedem weiteren
Meter, da der Einkaufsladen Schutz bot.
Ben fragte: "Ach, und da wart ihr heute Morgen,
oder?"

"Ja genau", antwortete Tim.

"Meine Fresse, dieser Wind!", fluchte Jan.
"Aber da ist doch schon der See", stellte Amelie
fest. Michelle war ruhig und schaute auf den Boden. Wo ist Mali?

Der Wind zog wieder etwas mehr auf, da der See
stürmisch zu sein schien. Auch wenn es nur ein
kleiner See war, konnte man keine genauen Details des gegenüberliegenden Ufers sehen.
"Lass uns mal um den Teich herumgehen."
"Teich?", fragte Sophia Amelie und beide lachten, da das Gewässer lange nicht dem Ausmaß
eines Teiches entsprach.

Minuten interessanter Gespräche vergingen und
Meter für Meter wurde es ungemütlicher. Die
Tannen, die um den ca. dreißig Meter breiten
"Strand" standen, rissen die Äste fast von sich.
So weit von unserem Platz, dem Platz 5b entfernt, schien man wie abgeschnitten zu sein.
Jegliche Angst vor einem Psychopathen oder
Gestörten, der einen am Vorabend verfolgt und
der vielleicht eine Miturlauberin entführt hat,
verfiel.

Ich lief meterweit abgeschnitten von Gesprächen der anderen, meterweit in meiner Ruhe, bis ein Handyklingelton mich erschrecken ließ. Sophias Handy klingelte.

"Unbekannt?", wunderte sie sich laut. "Geh mal ran", bestimmte Jan. Sophia nahm ab und stellte es auf Laut, während wir alle näher an Sophias Handy herangingen. Eine Stimme mit Stimmenverzerrer sagte mehrmals hintereinander in einer Lautstärke und einem Ton:

Wenn ihr den Park verlasst, wenn ihr die Polizei ruft, wenn ihr Hilfe holt werdet ihr Mali gestern zum letzten Mal gesehen haben!

Wartet auf Neues.

Christoph Langen

Über uns, unter uns oder neben uns?!
Neben uns!
"So, und jetzt seid ihr alle mal ganz still hier."
Tobias? Die Stimme klang genau wie die von
Tobias Zettler, seinem geschätzten Kollegen.
Alle Beamten schwiegen.
"Wenn sich hier irgendjemand ohne meine Er-
laubnis bewegt oder spricht, ist Christoph tot!"
Stille.
Gott behüte.
"Na, wie geht es dir Christoph?", fragte er.
Was willst du? Soll ich nicht schweigen?
"Gut aufgepasst, du darfst ja nichts ohne meine
Erlaubnis sagen."
Wer hätt 's gedacht?

"Du hast jetzt die Erlaubnis, auf meine Fragen zu antworten."

Die Beamten rund um Christoph herum schauten ihn verblüfft an.

Wer ist das?

"Nochmal. Na, wie geht es dir Christoph?"

"Mir geht es den Umständen entsprechend", antwortete Christoph.

"Gut. Jetzt müsst ihr alle mir aber erst mal einen Gefallen tun."

Tobias, du bist so krank! "Einen Gefallen" ...

"Legt eure kompletten Gürtel, sowie alle Waffen, Handys oder sonstiges in diesen Koffer da rein."

Neben Christoph waren noch zwei andere Beamte im Raum. Stefan und Felix und zwei andere Beamtinnen, Carolin und Kristina. Alle samt Christoph zogen die Gürtel aus und legten alle weiteren Gegenstände in den großen Koffer, wo vorher die Technik war.

"Wenn irgendjemand noch etwas zum Verteidigen am Körper hat oder irgendwas zum Funken:

Ihr wisst, ich muss nur abdrücken und Christophs Leben ist vorbei!" Bitte, Leute, macht jetzt nichts Falsches! Ihr wisst, was ihr bei einer Geiselnahme tun müsst! Nachdem jeder seine Sachen abgelegt hatte, sprach Tobias: "Gut. Jetzt legt ihr euch hin, Hände hinter den Kopf! Schnell! Wer hat einen Schlüssel für die Tür?"

"Ich", sagte Christoph.

"Na dann schließ ab!"

Christoph nahm seinen Schlüssel aus seiner Hosentasche. Er merkte, dass Tobias genervt war. Christoph schloss ohne ihn anzuschauen ab. Dann drehte er sich um und schaute ihn an. Sein Körperbau passt total zu Tobias. Er trug eine Sturmmaske und konnte ihn so nicht genau identifizieren. Doch seine Augen schienen genau so hell wie die von Tobias zu sein. Er trug komplett schwarze Klamotten. So schwarz wie seine Seele.

"Hinlegen!", befahl er energisch.

Die typische Auffuhr aus Phase 1 einer Geisel-nahme. Täter und Geiseln sind noch emotional vom Schock gerührt. Der Täter hat noch keine Kontrolle und die Geiseln sind in Todesangst. Es kann immer zu lebensgefährlichen Gewaltüber-griffen kommen.

Bleibt ruhig!

Die Frage in der ersten Phase ist immer, worum es geht. Geld, das blanke Töten oder eine Kon-flikttat eines Psychopathen sind typische Beispiele.

Schindet Zeit, Leute. Baut eine Ebene auf!

"Was wollen Sie von uns?", fragte Stefan ge-hetzt.

"Habe ich gesagt, du sollst schweigen?", fragte Tobias.

Stefan, lasse dich darauf ein, was er sagt! Panik ist jetzt ein schlechter Begleiter! Lass ihm das Gefühl haben, dass er ernst genommen wird! Stille. Christoph merkte, wie der Geiselnehmer durch den Raum ging und seine Macht genoss. Du bist so ein gestörtes Arschloch!

Die Angst, die Christoph und wahrscheinlich auch alle anderen zu schaffen machte, konnte er durch Beruhigungstricks ausgleichen.

Einatmen, ausatmen, einatmen, ausatmen ... Christoph war beruhigt von dem Gedanken daran, dass im modern ausgestatteten Präsidium durchgehend Kameras liefen, in jedem Raum. In einer Art Diashow lief jeder Raum auf einem Monitor im Empfangsbereich durch. Ungefähr alle zehn Minuten konnte man Christophs Büro sehen. Er erinnerte sich bei dem Gedanken an den Tag, als die Technik gerade neu eingesetzt wurde. Christoph hatte hinter dem Tresen im Eingang gestanden und neugierig auf den Bildschirm geschaut. Immer wieder hatte er mehr über Kollegen, die noch nicht über die Technik eingewiesen worden waren, anonymerweise erfahren. Sicherlich wird bald ein Sicherheitstrupp eingerichtet. Hoffentlich nicht zu spät. Hoffentlich vor Christophs Tod.

21

Paul

"Wo ist Mali?", fragte Sophia laut.
"Wir müssen euch was sagen", sagte ich.
"Was ist los?", fragten Amelie, Sophia, Jan und Ben gleichzeitig.
"Mali war heute Morgen nicht mehr neben mir! Wir haben sie gesucht, aber sie ist immer noch weg!", gestand Michelle.
"Aber – warum habt ihr uns nichts gesagt?", fragte Sophia entsetzt und auch nahezu enttäuscht.
"Wir wussten, dass ihr entsetzt sein werdet. Das wollten wir vermeiden", sagte Tim.
"Ach ist doch jetzt scheiß egal, kommt zurück zum Platz!"

Wir rannten zu Platz 5b zurück und holten kurz Sandra, Charlotte und Bea hinter das Bierzelt, damit die Kleinen nichts davon mitbekamen. Sophia fing sofort an zu berichten: "Die haben mir jetzt auch mal erzählt, was los ist!" Sophia wirkte zutiefst verängstigt. "Dann klingelte mein Handy!", rief Sophia und hielt ihr Handy hoch.

"Wenn wir die Polizei oder irgendwen anderen informieren, tötet er sie! Wir sollen abwarten." Man sah Bea an, dass ihr Gesicht blass wurde. "Sie wurde entführt", flüsterte sie vor sich hin. "Wie geht es weiter?", fragte Amelie. "Suchen, suchen, suchen", schlug Sandra vor. "Da hinten ist so ein Zelt, ganz abgelegen vom Platz", sagte ich.

"Lass uns da mal hingehen", meinte Sandra. "Bringt euch bitte nicht selber in Gefahr", bat Bea. "Lasst es einfach. Wir tun das, was der Entführer sagt. Wir verbringen einfach den Tag, in der Hoffnung, dass Mali zurück kommt."

"Aber wir können doch jetzt nicht einfach nichts tun!", mischte sich Sandra ein.

"Es ist besser jetzt auf ihn zu hören, sonst sehe ich Mali wirklich nie wieder."

Sie fügte flüsternd hinzu: "Wenn es nicht sowieso zu spät ist."

22

Christoph Langen

"Ruhe!", schrie er, als Kristina Carolin angesprochen hatte.

Macht, was er sagt, bitte.

Christoph merkte, dass Phase 1 noch lange nicht
vorbei war. Alle schienen noch aufgebracht zu
sein.

Die Zeit verging langsam. Zu langsam für Christoph. In der Ruhe, in der Angst, im Terror.
Christoph hörte Tobias aufmerksam zu. Er verfolgte jeden Schritt. Christoph merkte, obwohl er
auf dem Boden lag, mit dem Kopf nach unten gerichtet, so wie alle anderen auch, dass Tobias
sich im Raum hin und her bewegte. Vor und zurück. Vor ... Zurück ... Vor ... Zurück ...
Christoph sank in Gedanken ein. In diesem einen

Kreis. In dieser einen unendlichen Acht, bestehend aus vor, und zurück. Vor, und zurück.

Vor ...

Zurück ...

Vor ...

Zurück ...

Vor ...

Zurück ...

Vor ...

Zurück ...

Christoph war wie in Trance. Das unendlich lange Bild, bestehend aus vor und zurück, zog sich über Minuten, bis er wieder in die Wirklichkeit zurückfuhr. Er wurde durch seinen Telefonklingelton geweckt.

Endlich.

Warum hatte das Präsidium diesen Klingelton voreingestellt? Tobias erzählte ihm einmal, dass er sich immer erschrecke, wenn bei ihm im Büro der Ton angeht, da er genau der gleiche wie beim Horrorspiel Five nights at Freddy's sei. Schwachsinn, dachte sich Christoph.

Er   hörte,   wie   er   abnahm.
Er schrie in den Hörer: "Hier kommt keiner lebend raus!"

23

Ina Herbst

"Hören Sie mir zu", sprach Ina mit ruhiger Stimme. "Ich bin Ina Herbst, wie darf ich Sie ansprechen?"

"Ich sag dir eins: Wollt ihr irgendwas machen, dann drück ich ab!"

"Hören Sie, Sie werden für Jahre ins Gefängnis kommen!" Ina merkte, dass er ihr zuhörte. "Brechen sie lieber jetzt ab."

Verdammt!

Ina drehte sich zu ihren Kollegen um. "Er hat aufgelegt", flüsterte sie konzentriert vor sich. Ina Herbst stand mit immer wieder wechselnden Beamten vor Christophs Büro. "Wir versuchen's gleich nochmal, aber wir dürfen ihn nicht damit nerven."

Ina hörte, wie er im Raum laut rumschrie. Bitte, bleibt alle ruhig und macht, was er sagt! Ina war fünfunddreißig Jahre alt und trug lange braune Haare. Seit 8 Jahren war sie in der Sonderkommission und leitete Spezialfälle. Sie lebte mit ihrem Freund in Viersen und war eine unglaublich gute Pianistin. Ina war auch eine unglaublich gute Polizistin: Nicht jeder oder jede schafft es mit 35 in die Sonderkommission. Ina rief erneut auf dem Bürotelefon an. "Hallo, hier ist nochmal Ina Herbst. Wie darf ich Sie ansprechen?"

„Hier kommt keiner lebend raus!", schrie er erneut in den Hörer.

"Sie müssen mir nur einmal zuhören", versuchte Ina sich durchzudrängen. Mit Erfolg. Er hörte ihr zu.

"Wir brauchen ein paar Informationen, was Sie gerne wünschen."

Ina atmete kurz durch und fuhr dann fort: "Können wir Ihnen Geld geben, oder irgendetwas anderes für Sie erledigen?"

"Ihr könnt mich jetzt in Ruhe lassen, sonst ist hier drin gleich auch Ruhe!" Zum Ende hin wurde der Geiselnehmer immer lauter mit seiner kräftigen Stimme. "Wir einigen uns auf etwas. Sind Sie damit einverstanden?"

Ina versuchte ihn durch Argumente von seinen geplanten Taten abzulenken. Sie hoffte, dass nun langsam Phase 2 der Geiselnahme eintrat. Wenn ihr euch darin noch etwas beruhigt, dann steht ein gutes Ende offen. Auch Ina war beruhigt, da ja alle Geiseln ausgebildete Polizisten sind. "Dürfen wir Ihnen eine bestimmte Summe Geld oder etwas anderes bringen?" Gerade als Ina aufhörte zu reden, legte er auf. Ina drehte sich zu den anderen Polizisten um. Der Tisch, der Rollen unter den Beinen hatte, stand etwa mit einem Meter Abstand zur Wand. Zwei Polizisten standen mit Waffen in der Hand vor der Tür, angriffsbereit. In der Tür steckte bereits ein Generalschlüssel, der die Tür jederzeit öffnen kann. Hinter Ina waren immer Kollegen, die ihr über die Schultern schauten. Das ganze Gebäude war bereits evakuiert worden. Ich freu mich ja schon auf die Presse, dachte sich Ina ironisch. Was wird das noch für ein Tag? Sie sagte zu den Kollegen, die hinter ihr standen: "Baut mir bitte im Raum direkt hier daneben eine Verbindung zu der Kamera auf, ich brauch die Flurkamera auch angezeigt." "Mach ich. Jungs, Verbindung Raum daneben." Während Ina überlegte, ob sie selbst ein Angebot stellt, wurde im Raum daneben bereits alles vor-bereitet.

Lass ihm etwas Zeit.

24

Christoph Langen

"Setzt euch hin!", befahl Tobias. Tobias, warum habe ich mich in dir so getäuscht? Christoph war sich ziemlich sicher, dass er es mit Tobias zu tun hat. Er sieht ihm so ähnlich. Schon wieder ging er durch den Raum, immer noch mit seiner Sturmmaske. Alle setzten sich hin. Christoph streckte seine Beine aus. Dass die Hose des Anzugs jetzt reißt, war seine kleinste Sorge. Zu seiner Beruhigung verhielten sich alle ruhig. Alle sind mittlerweile erholt vom Schock und Tobias hat ein Machtgefühl. Phase 2, endlich.

Diese Phase sollte die längste sein. Es ist die ungefährlichste Phase. Jedoch hängt die Länge dieser Phase immer vom Ultimatum und Wunsch des Täters ab. Wenn er Zeitdruck wegen zum Beispiel des Verlangens nach Geld bekommt, dann wird es irgendwann brenzlich für alle, da der Täter hektisch werden könnte und es in Phase 3 zu Übergriffen kommen kann. Ein Ultimatum ist immer ein Problem. Nur eine Sekunde zu spät und es ist vorbei für eine Geisel, oder alle.

In Christophs langem Raum stand in der Mitte ein großer Schreibtisch. Wenn man durch die Tür reinkommt, sind an der linken Wand Fenster zur Straße hin. Am Fenster stand ein Sessel mit einem kleinen Tisch. Der große Besprechungstisch mit dem Koffer mit den Waffen stand im rechten Teil, etwa zwei Meter entfernt von Christophs Schreibtisch. Stefan, Felix, Carolin, Kristina und er lagen im linken Teil, also in der Nähe der Fenster. Sie tauschten Blicke, blieben professionell. Christoph saß nicht wie Carolin und Kristina mit dem Rücken zum Schreibisch, sondern in der Nähe von Felix und Stefan und hatte einen Überblick über den kompletten

Raum.

Tobias ging zu seiner schwarzen Lederjacke, die er mittlerweile abgelegt hatte. Christoph sah ganz genau die Tablettenschachtel, aus der Tobias zwei oder drei Tabletten rausdrückte. Du schluckst die nicht wirklich. Tobias nahm alle in den Mund und schluckte sie mit dem Glas Wasser, das noch auf Christophs Schreibtisch stand, runter. Dreh dich doch nicht um! Tobias drehte sich um, damit niemand ihn identifizieren konnte, wenn er die Tabletten schluckte.

Plötzlich drehte er sich um, lud die Waffe und hob sie an.

Paul

Der kühle Samstagvormittag war so kühl und leer wie die Stimmung. Einige "Muddis", wie Ben jetzt erneut sagen würde, waren mit den Kleinen zum Spielplatz gegangen, andere gingen durch den Park spazieren. Sophia, Amelie, Michelle, Ben, Jan, Tim und ich saßen in einem Stuhlkreis, wie in der letzten Nacht, zusammen und erzählten. Einfach um Sophia abzulenken. Wie schlimm ist es, wenn die beste Freundin entführt worden ist?

Zugegeben waren wir alle berührt. Wir waren am Ende. Alle. Ich dachte in der Stille und in der Leere darüber nach, wie Bea es aushalten konnte und nicht vor Angst in sich zusammenbrach. Vielleicht ist sie es ja schon.

Allgemein ist es komisch, trotz der aktuellen Lage, dass wir nichts tun. Nichts tun können. Nichts tun dürfen. Immer wieder wiederholten sich die Sätze des Entführers in meinem Kopf.

Wenn ihr den Park verlasst,

wenn ihr die Polizei ruft,

wenn ihr Hilfe holt, werdet ihr Mali gestern zum letzten Mal gesehen haben!

"Wir können doch jetzt nicht nichts tun", protestierte ich in die Stille der Runde, worauf Sophia erschrocken aufblickte.

"Wenn wir etwas machen, tut er ihr etwas an!", entgegnete Sophia.

"Wer geht mit mir was zu trinken holen?", fragte Michelle.

"Ich komme mit", antwortete Amelie und die beiden machten sich auf den Weg zum großen Zelt.

Gerade als die beiden am Zelt ankamen, riefen sie: "Scheiße, kommt mal schnell!" Wir sprangen sofort auf und rannten zu ihnen.

Die Wand des Zeltes war beschmiert.

TOD

"Wie 'TOD'?", fragte Amelie.

"Alter, welcher kranke Psycho macht sowas?", reagierte Jan verärgert.

Mit blutartiger Flüssigkeit stand in der Mitte der Wand groß und breit "TOD".

Das ist nicht mehr gestört. Das ist krank! Der frische Windzug, der durch die Planen des Bierzeltes erzeugt wurde, verstärkte meine Angst. Mir lief ein Schauder über den Rücken.

"Leute, wir müssen etwas tun. Wir können so einen Dreck nicht auf uns sitzen lassen. Mali ist entführt, hier steht "TOD" blutverschmiert auf der Wand. Was soll noch kommen?" Sophia pausierte kurz.

"Wir gehen zu dem Zelt!"

"Ich ganz sicher nicht", lehnte Amelie ab, so wie alle anderen auch.

"Das ist sicher gefährlich. Aber gar nichts tun?", fragte ich.

"Dann machen wir das eben", beschloss Sophia.

Ich war verunsichert und wusste nicht so recht, was ich machen sollte.

"Okay", bestätigte ich.

Du musst etwas tun! Ich konnte Mali nicht im Stich lassen. Wenn's sonst keiner macht! "Das ist zu gefährlich alleine, Sophia. Leute, kommt doch mit. Es geht um Malis Leben!" Ich versuchte Druck zu machen. "Okay, dann aber los jetzt", sagte Jan und Ben, Michelle, Tim und Amelie fühlten sich gezwungen mitzugehen.

"Wenn mir was passiert", entgegnete Michelle im Laufen, doch die Herausforderung fand sie spannend.

Als wir die Grenze unseres Platzes überschritten, hörten wir auf zu rennen.

Warum ist hier alles so unbelebt? Der hohe Hügel mit Tannen darauf begann hinter dem Zaun des Zeltplatzes an zu steigen. Die massiven Schatten der morgendlichen Sonne kamen daher, doch das immer noch trübe Wetter mit dem frischen Windzug ließ die massiven Tannen nur noch angsteinflößender wirken. "Gleich sind wir da", stellte Tim fest. Langsam schloss auch ich meine warme Strickjacke zu, denn der frische Wind schien ein Gewitter anzukündigen.

Ich drehte mich um, um den ganzen Platz zu betrachten. Der Überblick über mehrere Plätze war gewaltig, da in dem einhundert Quadratmeter Zeltgebiet nur unser Platz, Platz 5b, besetzt war. Und das Zelt da hinten.

"Wir gehen hier jetzt nicht wirklich rein, oder?", hinterfragte Amelie.

"Doch", bestätigte Sophia.

Wir gingen erst um das Zelt herum. "Das ist ja ein Wohnwagen!" "Tatsächlich."

Das Zelt war das Vorzelt eines anliegenden Wohnwagens.

"Ach du scheiße", sagte Ben, als er das Zelt betrachtete.

Die Ränder des von rostigen Stangen haltenden Zeltes waren grün angeschimmelt und die vergilbte Plane des Zeltes war von außen mit Dreck verschmutzt. Der anliegende Wohnwagen sah genau so ranzig und vergilbt aus. Von einem Auto war keine Spur.

"Kommt, wir gehen rein, Leute", schlug Sophia vor, jedoch schien sie auch etwas aufgeregt zu sein.

Sophia machte den Reisverschluss der Plane auf. Ein abartiger Gestank kam der frischen Luft entgegen, weswegen ich würgen musste. Ich drehte mich zu Seite.

"Ach du heilige, ne, da geh ich nicht rein", sagte Amelie und Michelle stimmte zu. Ben, Jan und Tim traten auch zurück und wollten nicht mit rein gehen.

"Das ist zu viel", sagte Tim.

"Komm, wir gehen gleich rein", sagte ich zu Sophia, die auch weiterhin nach Mali schauen wollte.

"Wir bleiben hier draußen stehen", sagte Ben. Amelie und Michelle machten sich auf den Weg zurück zum Zeltplatz.

"Ihr habt ja die starken Jungs, wenn euch was passiert", meinte Amelie ironisch. Der abartige Duft ließ im Vorzelt nicht wirklich nach. Dort standen ein Klappstuhl und ein Tisch. Auf dem Tisch lagen ein Fernglas und ein Messer.

"Alter, was ist hier los?", fragte Sophia. "Ich weiß es nicht."

"Verdammte Axt, riecht das hier muffig! Bestimmt hat dieser Psycho uns auch noch mit diesem Ding beobachtet", sagte Sophia. "Ich frage mich auch, wer sowas macht", entgegnete ich entspannt, um Sophia etwas zu beruhigen. Man merkte es ihr an: Die Entführung von Mali berührte sie tief.

"Okay, dann eben in diesen Wohnwagen rein", sagte Sophia. Die Tür schien nur von außen von einem Türriegel ohne Schloss versehen zu sein. Ist da überhaupt ein Schloss?

Sophia schob den unter Spannung stehenden Riegel nach rechts und es öffnete sich durch Druck sofort ein kleiner Spalt der Tür. Sophia schaute durch den Spalt und flüsterte zu mir: "Alles leer."

"Okay, wollen wir rein gehen?", fragte ich. "Ja, aber hol das Messer da mal kurz", forderte sie. Ich holte das scharfkantige Küchenmesser und gab es ihr.

"Willst du vorgehen?", fragte ich sie. "Ja, lass mich das machen." "Sei vorsichtig."

Sophia öffnete die Tür weiter und trat ein. "Was für eine kranke Scheiße", flüsterte sie immer noch.

"Komm rein, ist leer."

Ich kam die Treppen hoch. Der etwa zwei Meter breite Wohnwagen hatte direkt gegenüber von der Tür einen Toilettenraum.

Der üble Gestank verschlimmerte sich, weshalb ich mich zusammenreißen musste.

"Ach du heilige", sagte ich vor mich hin, als ich den Blick über die verschiedenen Tische, die mit einer grünen Decke überzogen waren, schaute. Es standen drei mit Rollen versehene metallische Tische im Raum. Oben drauf befanden sich zahlreiche OP Instrumente. Bei jedem Schritt durch den Wohnwagen ertönte leichtes Klirren der Metalle.

Dort im rechten Bereich des Wagens, wo normalerweise ein Bett stand, war ein massiver OP Tisch aufgebaut.

Stille. Leere. Tiefe.

Auf der linken Seite des Wohnwagens standen anstatt der Küche die drei OP Instrumenttische. Außerdem stand in der Ecke eine große Truhe. "Niemand ist hier", stellte Sophia fest. "Lass uns mal da rein schauen", schlug Sophia vor.

"Sicher?", fragte ich nach, da hatte Sophia bereits den Deckel aufgemacht.

Noch abartigerer Duft machte sich bemerkbar, weswegen ich mich in den Mülleimer neben der Tür übergab.

Auch Sophia wurde sichtlich blass. "W–T–F!"

Ich trat näher.

"Boah, ne!", sagte ich, während ich mich von der Truhe wegdrehte. Im inneren der Truhe befand sich ein Leichensack.

Plötzlich schlug die Tür des Wohnwagens mit einem Ruck zu.

26

Ina Herbst

Ina bedankte sich für die schnelle Einrichtung, als sie sich in den kurzfristig eingerichteten Raum hinsetzte.

"Kriegen wir bitte Bild und Ton?", fragte sie ihren Kollegen.

"Sofort."

Er richtete kurz die Verbindung ein, während Ina die Polizisten, die immer bereit für den Zugriff waren, anfunkte.

"Die Monitore sind jetzt eingerichtet. Stand Phase 2, alle sind beruhigt. Weitere Informationen folgen."

Ina verschaffte sich einen Überblick über den gesamten Raum. Die Kamera war in der zum Flur anliegenden Seite links oben angebracht und zeigte so zu den Fenstern. Direkt unter der Sicht der Kamera waren die Konferenztische und ungefähr mittig der Schreibtisch. An den Fenstern stand der Sessel mit dem Beistelltisch. In der Nähe der Tür saß Christoph und rechts daneben Stefan und Felix. An den Schreibtisch lehnten Kristina und Carolin an. Ina musterte den Geiselnehmer. Schwarze Sturmmaske, schwarzes langärmliges T-Shirt, schwarze Hose.

Sie funkte zum Zugriffstrupp: "Personenbeschreibung. Schwarz gekleidet, schwarze Sturmmaske. Muskulöser Körperbau, aggressiver Schritt, scheint gehetzt zu sein." Ina entschloss sich dazu, noch einmal anzurufen. Sie wählte die Nummer und beobachtete dabei den Bildschirm. Der Geiselnehmer ging mit aggressiven Schritten zum Telefon. "Hallo, Ina Herbst. Können Sie mir sagen, wie ich Sie ansprechen darf?"

Stille in der Leitung. Am Bildschirm konnte sie sehen, dass er zu überlegen schien. Ihr Kollege flüsterte ihr von weitem "Ton steht!" zu und zeigte pantomimisch mit dem Finger auf die Kopfhörer.

"Sie können sich irgendeinen Namen aussuchen", hakte Ina nach.

Er schaute weiterhin zu den Fenstern. Ruhe.

"Okay", sprach Ina beruhigt, "ist es okay, wenn ich sie Simon nenne?"

"Ja, mach", antwortete er gereizt. "Okay Simon, können Sie uns sagen, was Sie verlangen?"

Er starrte immer noch ins Leere. Ina verfolgte jede Bewegung von ihm mit.

Es war bereits sechzehn Uhr und die Sonne bewegte sich langsam dem Horizont entgegen. "Ihr habt bis morgen früh um sieben Uhr Zeit das Mädchen zu finden, sonst ist sie und alle anderen hier im Raum tot!"

Ultimatum, scheiße.

"Simon, ich schaffe das nicht alleine. Kannst du bitte Christoph rauslassen?", fragte Ina nach und bekam sofort eine Antwort hinterher. "Ich lass ihn raus. Wenn es irgendwer in den Raum rein wagt, schieß ich auf die anderen!" "Gut. Ich werde kurz den Zugriffstrupp entfernen und dann rufe ich noch einmal an." "Zugriffstrupp, kommt bitte zurück, wir haben eine Vereinbarung getätigt."

"Verstanden."

Als die drei Polizisten bei Ina nur wenige Sekunden später ankamen, rief sie erneut an. Sie konnte sehen, wie er Christophs Schlüssel nahm und aufschloss, die Waffe auf Stefan gerichtet, und Christoph rausließ. Er schloss sofort die Tür wieder ab und setzte sich auf Christophs Bürostuhl.

"Christoph!"

Ina stand auf und umarmte Christoph. Er war immer noch stur vom Schock, jedoch sagte er: "Wir müssen zuerst den Weg des zerstörten Handys zurückverfolgen."

"Ich hole kurz den Laptop", sagte Ina. "Ich setz mich mal kurz hin", stöhnte Christoph.

Er war immer noch blass, wahrscheinlich vom Schock.

Nachdem Ina Herbst mit den anderen Kollegen einen anderen Laptop zum Orten geholt hatte, setzte sie sich zu Christoph an den Tisch. "Informieren Sie bitte einen Kollegen. Er oder sie soll die Geiselnahme übernehmen", bat Christoph einen Polizisten, der hinter ihm stand. Ina und Christoph starrten gespannt auf den Bildschirm. Der Polizist richtete die Analyse ein. "Finden Sie schon einen ungefähren Standort?", hakte Ina bei dem Polizisten am PC nach. "Nein", er machte eine kurze Pause. "Ich denke, ich muss über Ihr Handy gehen, Herr Langen." "Ja, dann los", sagte Christoph hektisch und gab ihm sein Handy.

"Danke sehr."

"Bekommen wir genaue Daten oder nicht?", fragte Christoph nach. Er war sichtlich gehetzt. Noch 15 Stunden, dachte er, so viel, aber auch so wenig Zeit.

"Ich schätze mal eher ungenaue", antwortete der Polizist.

"Wie ist Ihr Name nochmal?", fragte Ina nach.

"Hugo Faller", er pausierte kurz, "der Bruder von Helen Vogt."

"Oh, mein Beileid."

"Ja, danke sehr."

Stille. Mal wieder. Diese Ruhe war Christoph nicht gewohnt. Diese Ratlosigkeit. Dieser Stress. Diese Angst.

Was ist, wenn wir sie nicht finden? Wenn sie tot ist?

Hugo atmete laut aus.

"Was ist?", fragte Ina energisch. "Ich kann hier gar nichts zurückverfolgen. Nichts."

"Verdammt!", fluchte Ina lautstark. Können wir sie überhaupt noch retten?

Paul

"Geh schnell gucken!", flüsterte Sophia hektisch vom Schock. Ich ging zu den beschlagenen Fenstern und wischte ein wenig Dunst weg. Niemand zu sehen.

"War sicher der Wind", entwarnte ich. "Glückwunsch, da hinten ist ja auch ein Fenster auf."

"Paul, der Leichensack, die Messer, das OP Besteck. Was soll denn noch kommen?", Sophia war verzweifelt.

"Ich bin mir sicher, dass es Mali gut geht", versuchte ich sie zu ermutigen. Sophia war sichtlich am Boden zerstört. Immerhin war ihre beste Freundin verschwunden.

"Wir werden sie finden. Spätestens wenn wir losfahren."

"Komm, wir gehen hier wieder raus." Ohne eine Spur von Mali.

Immer wieder rüttelte es an den Wänden. Ein leises Sausen des Windes war zu hören. Wie abnormal gruselig das ist. Ich hatte tierische Angst.

Welcher Psychopath ist so krank? Als wir im Vorzelt ankamen, legte ich das Messer zurück auf den Tisch und wir gingen schnellstmöglich nach draußen, wo Tim, Ben und Jan warteten.

"Und?", fragte Tim.

"Hier ist Mali nicht", antwortete Sophia enttäuscht. Wir erzählten ihnen vom Wohnwagen. "In diesem Wohnwagen sind überall OP Tische und da drauf liegen Messer und Scheren. Du weißt nicht, wie ich mich gefühlt habe, als ich das gesehen habe", gab Sophia wieder. "Ja, und in der Ecke stand eine Truhe und da drin

war ein Leichensack, wahrscheinlich befüllt", er-
gänzte ich.

"Wirklich?", hakte Jan nach.

"Ja!"

"Was ist das für ein Psycho?", fragte Jan und
man merkte, dass auch er Angst bekam.
"Leute, er kann hier überall sein! Er kann uns gerade beobachten!", stellte Sophia lautstark fest.
Ben klagte: "Mach mir nicht unnötig Angst."
"Es ist so. Wir schweben in Lebensgefahr. So
wie Mali."

"Alter, was ist das hier?", auch Jan war mittlerweile nicht mehr so locker und gelassen. Jetzt hat
es jeder begriffen. Er kann jederzeit wieder hier
sein.

"Ich habe echt keinen Bock mehr", sagte auch
Ben.

"Wir hoffen mal das Beste."

Als wir am Platz 5b angekommen sind, waren
nur   Amelie   und   Michelle   da.
"Wo   sind   die   Muddis?",   fragte   Ben.
"Keine   Ahnung,   immer   noch   weg."

"Und, was war jetzt?", fragten sie.

"Das ist so ein Psychopath, ich sag's euch!", Sophia pausierte. "Da drinnen sind überall OP Messer, Tische und so Scheren. Da war sogar ein Leichensack. Alter, er kann gerade überall sein."

"Das ist doch nicht mehr normal."

"Lass uns mal Sandra und die Anderen suchen gehen", schlug Michelle vor.

"Ja, dann können wir denen direkt von diesem kranken Gekritzele hier am Zelt erzählen", meinte Amelie.

"Gut, dann los."

Wir machten uns auf den Weg zu den Sportplätzen, in der Hoffnung sie dort anzutreffen.

"Wir machen alles nur noch zusammen. Sonst sind wir nicht sicher."

"Wir sind so oder so nicht sicher", entgegnete Jan Sophia.

"Da sind sie!", sagte Tim. Charlotte, Colette, Sandra und Eva spielten auf einem der Felder Badminton und Anette, Bea und Mama passten auf Tom am danebenliegenden Spielplatz auf.

Wir gingen zu Anette, Bea und Mama hin und Sophia erzählte von dem Gekritzele im Bierzelt. Wir haben auf dem Weg besprochen, dass wir nichts von dem Wohnwagen erzählen. "Tod?", fragte Bea entsetzt, nachdem Sophia berichtete.

"Ja, mit irgendwas, was so aussieht wie Blut." Beas Blick wanderte zum Boden. Sie war am Boden zerstört. Das schlimmste, was einer Mutter oder einem Vater passieren kann, ist, dass etwas mit dem Kind passiert. Doch gleichzeitig nicht zu wissen, was mit dem Kind passiert, ist eine Qual.

Eine dunkelgraue, fast schwarze Wolke zog über den Rouvenhof. Ich sah, wie die Zelte der umliegenden Plätze mit dem Wind mitwirbelten. Die langen Äste der hohen Tannen kreisten wie im Sturm und schienen bald abzubrechen. Auch Anette und Mama waren berührt. Wie kann ein Verstand so dreckig sein?

Charlotte, Colette, Sandra und Eva kamen hinzu.
"Puh!", sagte Sandra, "Badminton kann anstrengend sein."

"Da sagst du was", meinte Colette.
"Ja, also mit Blut oder zumindest mit etwas, was so aussieht wie Blut, wurde "Tod" auf unsere Zeltwand gekritzelt."

"Im großen Zelt?", fragte Sandra nach. Sophia bestätigte.

"Was ist hier nur los?", sagte Sandra. "Aber wir halten uns an die Vorgaben von dem Gestörten. Kommt, wir gehen."

"Wartet mal, ist gerade keiner bei den Zelten?", fragte Eva nach.

"Oh", erinnerten wir uns.

"Wir wollten nur noch in der Gruppe hierher gehen."

"Ja dann schnell zurück, nicht dass noch etwas geklaut wird", sagte Eva.

Man kann nicht mehr als ein Menschenleben klauen.

28

Im Abgrund

Verdammt! Warum bekomme ich dieses Panzertape nicht ab? Komm, du schaffst das. Gerade,
als ich aufwachte, war ich froh, nicht bei ihm zu
sein. Ich drehte, rubbelte, klemmte meine Hände
irgendwie, um dieses Panzertape abzubekom-
men. Ist hinter mir irgendetwas? Nur dieses
Waschbecken und die Toilette. Scheiße, es darf
nicht zu spät sein. Er darf nicht zurück kommen.
Ich schaute mich in diesem engen Raum um. Wo
bin ich hier? Dieses verwesene Holz, das diesen
kleinen Toilettenraum umschloss, sah genau so
krank aus, wie es hier roch. Das kann doch nicht
die Toilette sein. Was ist das hier eigentlich? Bin
ich   in   einem   Toilettenhäuschen?
Da! Dort oben war ein Haken. Kriege ich damit

dieses Tape ab? Ich war froh, dass ich das Tape am Mund schon mit meiner Zunge und der Wand abbekommen hatte. Das schwarze Panzertape sieht so bitter aus. Ich weiß noch, als seine Taschenlampe gestern Nacht seine strahlend grünen Augen erleuchtet hat. Es war ein ranziges Grün.

Komm, stell dich einfach auf die Toilette drauf und versuch das irgendwie. Ich stellte mich auf die Toilette und hakte meine Hände, die hinter meinem Rücken verbunden waren, in den geschätzt vier Zentimeter abstehenden Kleiderhaken ein, sodass sich meine Schulterblätter unnormal ausrenkten. Okay, spring. Ich rief leise auf, als ich wegen des Wiederstandes gegen die Wand prallte. Aber meine Arme waren befreit. Ich nahm sie schnell nach vorne und schaute, ob sie Verletzungen hatten. Gut. Außer ein paar Kratzer sind sie unversehrt. Ich muss mich hinsetzen. Ich bin so schlapp. Ich denke über gestern nach. Ich weiß nur noch, dass er direkt meinen Mund zugehalten hat, damit ich nicht schreien konnte. Waren es zwei Leute? Keine Ahnung. Dann leuchtete er in seine grünen Augen. Ich sah nur seine Augen, denn der Rest war von einer Sturmmaske bedeckt. Cut. Weiter weiß ich nicht.

Wo bin ich hier? Ist es das Toilettenhaus von gestern Abend? Auf jeden Fall war es der gleiche Gestörte wie von gestern Abend. Wegen des Mundschutzes konnte ich gerade nicht schreien, und meine Stöße gegen die Wand konnten sie anscheinend auch nicht hören. Warum habe ich da noch nicht dieses verdammte Panzertape vom Mund bekommen? Ist das da mein Handy in der Hosentasche? Ich spürte erst jetzt die flache Platte in meiner hinteren Hosentasche. Tatsache. Mein Handy. Es ist noch dreißig Prozent geladen. Gut. Sofort wähle ich die 110. Ich lege den Kopf in den Nacken. Shit, was ist das? Ein Counter zählt zwölf Stunden, dreiunddreißig Minuten und fünfundzwanzig Sekunden ab.

"Polizei Notruf."

"Hallo, ich bin hier in so einem Toilettenraum eingesperrt", sage ich und vergesse ganz, meinen Namen zu sagen.

"Bist du vorhin an Christoph Langen weitergeleitet worden?", fragt der Polizist.
"Ja, ich glaube schon", antworte ich.
"Okay, ich leite dich kurz zu ihm weiter", sagt er.
Wenige Sekunden später meldet sich Christoph Langen.

"Hallo, ich bin, ich bin hier …", ich pausierte, "in so einem engen Raum mit einer Toilette eingesperrt. Ich komm hier alleine nicht mehr raus."
"Stelle bitte GPS ein, verstanden?", sagt eine Frau, die sich danach vorstellt.

"Ich bin Ina Herbst. Sag einfach Ina zu mir."
"GPS zieht bei mir unglaublich viel Akku. Ich habe nur noch neunundzwanzig Prozent. Aber ich glaube hier ist eine Bombe!", platzt es aus mir heraus.

"Eine was?", fragt Ina nach.
"Hier läuft eine Uhr runter. Noch zwölf Stunden, einunddreißig Minuten und fünfzehn Sekunden.

Ich glaube, die ist in so einem Kasten eingebaut und direkt über mir!"

Leise höre ich Ina Christoph zuflüstern: "Das ist die genaue Zeit des Ultimatums." Panik bricht in mir aus. Was, wenn sie mich nicht finden?

"Wie war dein Name nochmal?", fragt Christoph nach.

"Mali."

"Okay Mali."

"Was hat diese Uhr zu bedeuten?" Man merkt, dass ich hektisch werde. Ich habe Angst. Angst davor in eintausend Teile zerfetzt zu werden.

"Mali, ganz ruhig. Wenn wir ein sauberes Ergebnis bekommen, finden wir dich, bevor die Zeit abläuft", sagt Ina. Bevor ich explodiere.

29

Als er über den matschigen Waldboden rannte, rutschte er fast aus. Immer wieder schrie er wild herum, in seinem gestörten Verstand gefangen. Die schnellen Schritte in seinem Sprint gaben ihm eine Auslastung. Er brauchte diesen Ausgleich.

Oder den anderen.

Die tiefstehende Sonne und die dunklen Wolken, die davor waren, deuteten die Nacht. Seine Zeit. Seine Zeit zum töten.

Und je mehr er an den Spaß dachte, das gleiche wie gestern, das gleiche wie vor drei Wochen zu machen, lief ihm das Wasser im Mund zusammen und er rannte noch schneller. Seine ganze Energie steckte er in das Rennen. Und schon wieder schrie er gleich einem Wildschwein. Mal eher hoch, mal eher tief. Der Arzt sagte, mit ihm sei alles okay. Doch was in der Wirklichkeit geschah, war jedem unbekannt. Wie man Ärzte manipuliert. Wie man unschuldigen Menschenleben gefährdet. Wie man die Leiche zerlegt. Wie man arrogant Spaß daran hat. Plötzlich fiel er auf den Boden. Der matschige Schlamm brachte ihn zu Fall. Er wälzte sich im nassen, dreckigen Schlamm und schrie immer lauter. Der dunkle Wald schien ihn noch verrückter zu machen. Er amüsierte sich in der Dunkelheit immer. Wenn er allein ist. Wenn er rennen kann. Wenn er kurz davor ist, seine Leidenschaft auszuleben: das Töten. Seine Hände fuhren durch die Pfütze voll Schlamm und er erlebte seine absurden Vorstellungen noch mehr, wenn er jetzt, jetzt im Moment eine Leiche in den Schlamm pressen könnte. Nach vielen Minuten stand er aus dem Schlamm auf und rannte weiter. Der feuchte Matsch an seiner Kleidung ließ ihn sich noch mehr anstrengen beim Laufen, sodass er sich noch mehr entlud. An die Gedanken auf gleich, auf seine Leidenschaft.

Im Rennen machte er sich schon Gedanken, was er genau machen wird. Dann rannte er weiter durch den Wald, schrie wieder und wieder hinein in den tiefen Wald und in seinen tiefen, leeren Verstand.

Paul

Die Sonne war bereits untergegangen. Grillen wollten wir nicht mehr, da sich jeder über den Tag hinweg etwas zu essen (zum Beispiel ein Brötchen) gemacht hat.

"Mir ist so langweilig", meinte Jan. "Wenn ihr zusammen irgendwo hingeht, dann ist das okay. Nur bleibt immer schön zusammen", sagte Mama.

"Ja, dann lass uns doch nochmal zu den Sportplätzen gehen, die waren doch gestern beleuchtet", schlug Sophia vor.

"Kommt ihr mit?", rief ich zu Michelle und A-melie.

"Wohin?"

"Zu den Sportplätzen."

Auch sie stimmten zu.

So gingen wir zu siebt zu den Plätzen. Ivo und Mathéo waren bereits in den Zelten, auch müde vom Tag.

"Ich hole kurz einen Fußball", sagte Ben und rannte zu seinem Zelt.

"Dann bleibt aber bitte immer zusammen,", sagte Bea. Es war verständlich, dass sich Bea jetzt noch mehr Sorgen vor allem um die anderen machte.

Als Ben mit dem Ball kam, gingen wir los. Die Dunkelheit der Nacht war bereits voll eingetreten. Wahrscheinlich lag es auch an den dunklen Wolken, die den Himmel allgemein ziemlich abdunkelten.

Die engen Pfade des Parks waren alle hundert Meter mit kleinen Lampen ausgestattet. "Es ist auch mega kalt geworden", stellte Michelle fest.

So kalt wie seine Seele.

"Windig ist es ja schon die ganze Zeit", sagte ich.

"Ist ja schon gruselig, die hohen Hecken hier", meinte Ben.

"Dieser Park allgemein ist der Horror", mischte sich Amelie ein. In einer Reihe gingen wir nebeneinander her. In meiner leichten Panik klangen unsere Schritte für mich manchmal so, als wenn jemand hinter uns ging. Deshalb drehte ich mich des Öfteren um und versicherte mich mit meiner Taschenlampe, dass uns niemand verfolgte. In Gedanken daran wurde mir bewusst, dass wir die ganze Zeit verfolgt werden. Und Mali wurde schon entführt.

Schon von weitem sah man den Schein der hohen Sportplatzlampen. Doch auch viele Menschen waren zu hören.

"Besuch!", freute ich mich ironisch. "Dann sind ja doch noch ein paar andere Jugendliche auf dem Platz hier."

Wir gingen zu den hell erleuchteten Sportplätzen hin und sahen, dass nur der große Fußballplatz von einer großen Truppe von Jungen und

Mädchen belegt war. Von weitem schienen sie etwas älter als wir zu sein, jedoch höchstens sechzehn. Wir gingen zu dem freien Basketballplatz.

"Vorweg, Paul und ich sind Schiedsrichter", stellte Tim fest, ohne mich zu fragen. Jedoch wusste auch Tim, dass ich kein Fußball spielte. "Michelle, Amelie und ich sind in einer Mannschaft und du und Jan", bestimmte Sophia. "Gut, dass ihr rausgeht, dann haben wir auch eine Chance."

"Okay, los geht's", rief Tim. So rollte der Ball von der einen Seite zur anderen. Ich war wie abwesend. Die Dunkelheit machte mir Angst.

"Ich hoffe, Mali geht es gut", sagte Tim. "Ich auch. Das muss man sich erst mal vorstellen: Mali kann für immer weg sein!", antwortete ich. Tim erkannte meine Sorge.

Ich machte mir um fast alles Sorgen. Ich hasste es, ein schlechtes Gewissen zu haben. Streit war deshalb das, was ich am meisten hasste. Oft ging er mit einem schlechten Gewissen aus. Doch auch das hier, wenn es um etwas sehr Wichtiges ging, das kurz davor war schiefzugehen, hetzte mich unnormal aus meiner Ruhe. "Ich bin auch total geschockt."

"Das schlimmste ist ja, dass der Entführer immer wieder kommen könnte", sagte ich. "Ich habe echt Angst. Wir müssen abwarten." "Richtig, lass uns uns ablenken", schlug ich vor. "Gut. Was schreibst du eigentlich zurzeit für Noten in der Schule?"

Schon wieder so eine Sache, die mir manchmal echt unangenehm war, wenn ich wusste, dass es bei meinem Gegenüber anders war: über gute Leistungen von mir zu reden. Ich fühlte mich dabei meist so, als wenn ich damit angeben würde, obwohl ich ja sogar gefragt wurde, und nicht von mir selbst aus erzählte.

"Ja, also", fing ich an und mir wurde es echt unangenehm, "eins oder zwei meist", antwortete ich. Schlimm.

"Gut!", Tim pausierte kurz, "ich auch so zwei bis drei."

"Alles im grünen Bereich", freute ich mich mit ihm.

"Und, habt ihr auch so bestimmte Lehrer?", fragte mich Tim.

"Meinst du die, an die ich auch denke?", fragte ich zurück.

"Die Extravaganten, ja, die meine ich." "Uiuiui", sagte ich, "ja, da gibt es ein paar." "Auch sowas wie die 'coolen' Lehrer?", fragte Tim grinsend nach.

"Ey, voll strange, ey!", machte ich einen sehr lustigen Lehrer nach.

Tim lachte und sagte daraufhin: "Ja, sowas eben. Kennst du schon die Vergangenzeit?", fragte Tim ironisch.

"Oder Simple Progressive?", entgegnete ich. "Holla die Waldfee", sagte Tim. "Na ja, dafür ist das der lustigste Unterricht dann."

"Hat alles Vorteile", bestätigte Tim.

"Welches Fach magst du eigentlich überhaupt nicht?", fragte Tim.

"Puh!", sagte ich, "kommt immer auf den Lehrer an. Entweder man macht das Nebenfach so interessant, dass da jeder mitmacht, oder man lässt das Nebenfach Nebenfach sein und niemand arbeitet richtig mit. Aber meist kann ja das Schulsystem da was für." Für echt vieles, was momentan schief geht, ist das Schulsystem verantwortlich, dachte ich.

Ich fügte hinzu: "Erdkunde ist echt nicht so meins. Und bei dir?"

"Also Mathe …", er überlegte kurz, wie er sich förmlich ausdrücken kann, "… nein danke! Magst du Mathe?", fragte er.

"Ich find es gar nicht so schlimm. Ist so eine Themensache", sagte ich, "manchmal ist Mathe einfach langweilig."

"Wie kannst du das dann manchmal auch mögen?", fragte er nach.

"Ich finde, man sollte das alles als Chance ansehen. Und um eine gute Note zu bekommen, muss man sich einfach auf das einlassen, was gemacht wird."

"Die Frage ist oft, wofür man mache Dinge in der Zukunft noch braucht", entgegnete er mir. "Prozentrechnung braucht man immer. Aber ich stimme dir zu: Den Körperbau eines Rothirsches brauche auch ich nie wieder. Andere brauchen den aber dann doch. Die Schule will einfach so viele Bereiche wie möglich abdecken."

"Dann sollte man aber früher schon die Möglichkeit haben, Fächer abzuwählen." "Ich stimme dir voll zu", antwortete ich, "das sollte eigentlich schon so sein."

Nach einiger Zeit, in der wir Sophia, Amelie, Michelle, Ben und Jan zuschauten, hörten sie auf zu spielen.

"Lass uns doch mal zu denen gehen", schlug Sophia vor. Sie nickte zu der anderen Truppe.

"Warum?", fragte Jan.

"Einfach so."

"Ja komm", sagte Amelie. Wir gingen zusammen zu dem anderen Platz.

Unglaublich viele Jugendliche spielten dort Fußball. Am Rand standen auch einige Jugendliche,
die dazu zu gehören schienen.
Sophia, Amelie und Michelle sprachen die
Jungs, die am Rand standen, an.
Tim schaute mich an und fragte: "Was ist denn
jetzt los?"

Ich lachte. "Scheinen wohl Interesse zu haben."
Jan, Ben, Tim und ich standen etwa fünf Meter
hinter ihnen.

"War ja klar", sagte Jan mit Blick nach vorne.
"Kommt, lasst uns mal hingehen", schlug Ben
vor und ging schon los.

"Na, wie läuft's?", fragte Jan.

"Alter, willst du?", entgegnete der Junge, der
wohl Sebastian hieß, da die Mädchen ihn so an-
sprachen.

"Warum lässt man eigentlich das 'was' in dem
Satz weg? Heißt es nicht 'Was willst du' und
nicht 'Willst du'?", fragte Tim mich.
"Keine Ahnung, manche sind halt nicht so hell
im Kopf", antwortete ich.

Sophia, Michelle und Amelie drehten sich zu uns um.

"Ja, alles gut", antwortete Sophia.

"Wir, ähm …", Amelie stockte, "… sind nur hier."

"Aha", Jan grinste. "Nur hier", wiederholte er. Mittlerweile war eine kleine Gruppe an Jugendlichen hinzugekommen.

"Woher kommt ihr?", fragte Sebastian.

Jan rief: "Aus Deutschland."

"Alter, piss dich mal."

Tim schaute grinsend zu mir und lachte leise. "Mensch Tim, mach dich doch nicht über Leute lustig, die nicht so klug sind", sagte ich ironisch.

"Wird da etwa geflirtet?", fragte Jan Sophia. Sophia schaute ihn im Sinne von sehr lustig, aber auf eine mitlachende Art, an.

"Und warum seid ihr hier?", fragte Amelie. "Ferien."

"Wie - Ferien?", fragte sie provokativ nach. "Ja halt so 'ne Gruppe."

"Aha."

Etwa fünf Meter weiter war eine breite Sitzbank. Tim, Ben, Jan und ich gingen dorthin und setzten uns. Von dort aus konnten wir den ganzen Platz und auch Sophia, Amelie, Michelle und 'Sebastian' sehen.

"Habt ihr eigentlich vor drei Jahren gedacht, dass wir jetzt immer noch zelten gehen?", fragte Tim.

"Nö", sagte Jan prompt.

"Ich auch nicht", sagte Ben.

"Das unterstreicht ja mal wieder, wie viel Spaß das hier macht", meinte ich.

"Und jetzt ist Mali weg", betonte Jan. Ich hatte meine Angst ausgeblendet, doch nun war sie wieder da. Ein stärkerer Windzug ließ die langen Haare der Mädchen nach oben fliegen.

"Alter, dieser Wind!", fluchte Jan.

"Echt kalt jetzt", stellte ich fest.

"Wie viel Uhr ist es, Jan?", fragte Tim.

"Warte", sagte Jan und zog seine Strickjacke etwas nach oben, um die Uhr zu erkennen.

"Neunzehn Uhr drei."

Es war bereits komplett dunkel. Die Nacht schien nicht weit weg zu sein. Ich spürte, wie ich erneut anfing zu zittern. Die Kälte und Angst passten zusammen. Die Angst ist so kalt. Dieses ungewisse, unheimliche Gefühl ließ mich an das denken, was jetzt grade passieren könnte. Bei ihm. In seinem OP-Saal.

"Glaubt ihr, dass in diesem Wohnwagen Malis Entführer 'wohnt'?", fragte ich die anderen. "Bei dem, was du uns da erzählt hast", sagte Ben, "– ich glaube schon!"

"Ich denke mal auch", bestätigte Tim. "Na klar, welcher Gestörte soll da sonst wohnen!", meinte Jan.

"Aber wo ist dann Mali?", fragte Tim. "Ich denke, noch nicht da", Jan betonte das 'noch'.

"Leute, ich hoffe so sehr, dass sie wiederkommt", sagte Ben.

"Ich glaube, das hoffen hier alle", bestätigte ich. "Wenn es nicht schon zu spät ist."

31

Ina Herbst

"Mali, du musst jetzt unbedingt GPS einstellen!", sagte Christoph.

"Verdammt!", fluchte Ina. Die Verbindung war abgebrochen.

"Ruf nochmal an!", sagte Ina schnell. "Ja", sagte Christoph entspannt. Christoph mochte Hektik überhaupt nicht. Bei jeder noch so schwierigen Situation blieb er professionell. Erst nach kurzer Zeit meldete sich eine Stimme, jedoch nicht Malis.

"Und tschüss", sagte sie provokativ. "Verdammte …", Ina stoppte, um sich nicht falsch auszudrücken.

"Christoph, was machen wir jetzt?" "Wir müss…", Christoph hakte, "Wi–mü–"

Christoph fing an zu stottern. Ina sah, dass etwas nicht stimmte.

"Scheiße!", sagte sie laut. "Ruf einen Notarzt, er ist bewusstlos! Verdammte Scheiße!"

Ina fasste ihn sofort am Handgelenk. "Kein Puls!", rief sie.

Sie trug ihn zusammen mit einem Beamten vom Stuhl und riss sofort sein Hemd auf. Ina lehnte sich über seinen Kopf, um sich zu versichern, dass er wirklich keine Atmung mehr hatte. "Scheiße!", fluchte sie erneut und startete direkt mit der Herzdruckmassage. Voller Aufregung legte sie ihre Hände übereinander und setzte sie auf dem Brustkorb an.

Du schaffst das!

Ina fing an in einem Tempo zu drücken. Im Kopf zählte sie mit.

"Hilf mir!", schrie sie völlig aus der Puste. Der Polizist, Ina hat schon wieder vergessen, wie er hieß, bückte sich nach unten und kniete sich neben Christoph.

"Komm schon, Christoph!"

Als Ina dreißigmal gedrückt hatte, schaute sie in die Augen des auch knienden Polizisten und dachte sich dann mach ich das eben! Inas Lippen berührten die von Christoph und sie blies erst einen, dann den nächsten Atemzug in Christophs Mund, sodass sich sein Brustkorb leicht hob.

"Drück weiter!", befahl sie dem Polizisten, der die Grundlage der ersten Hilfe eigentlich kennen sollte. Plötzlich klingelte das Telefon. Es muss der Geiselnehmer sein. "Warum ist da unten Blaulicht?", schrie er in den Hörer.

"Christoph hat keine Atmung mehr."

Der Geiselnehmer legte auf. Scheiß drauf.

Ina fiel auf, dass mittlerweile ein Oberkommissar die Verhandlung mit dem Geiselnehmer übernommen hat.

Was ist hier los? Wie viel Zeit haben wir noch vom Ultimatum? Können wir sie retten?

Ina wurde aus den Gedanken geworfen, als das Rettungsteam eintraf.

"Brigitte Klings, Notärztin", platzte eine Frau, etwa 170 groß, schlank mit schwarzen Haaren hinein.

"Reanimation. EKG, Vitalparameter bitte. Ich drücke."

Nachdem Brigitte Kling die Lage beschrieben hatte, nahm einer der drei Rettungssanitäter den Beatmungsbeutel, den Brigitte Ambu nannte, und legte ihn auf Christophs Kopf. "Christoph!", sagte Brigitte lautstark. Brigitte bemerkte ihn erst jetzt. "Sättigung."

In der Zeit, in der Christoph reanimiert wurde, schaute Ina nur auf das gelbe Dreieck des Rettungsrucksacks. Sie merkte, dass ein Rettungssanitäter immer wieder zu ihr gekommen ist, ihr Fragen gestellt hatte, die Ina abwesend beantwortete. Doch sie war selbst in sich zusammengebrochen. Geiselnahme, ein entführtes Mädchen, Christoph wurde reanimiert.

Auch für sie war das zu viel. Was ist, wenn Christoph stirbt?

Es vergingen ganze eineinhalb Stunden, bis die Notärztin Brigitte Kling aufschrie und rief: "Oh mein Gott, endlich."

Sie drehte sich mit einem erleichterten Gesicht zu mir um.

"Christophs ist zwar instabil, aber mit Medikamenten krieg ich das hin."

Ina merkte, dass ihr eine warme Träne über die Wange lief. Die Träne fühlte sich geborgen an. Ihre Angst um Christoph löste sich in ein unbeschreibliches Gefühl auf. Es fühlte sich sicher an. Es war sicher.

Ina schaute auf ihre Uhr.

Zwanziguhrzweiunddreißig. Zehneinhalb Stunden haben wir noch.

"Frau Kling?"

"Sí!", meldete sie sich auf Spanisch.

"Wann ist er wieder bei Bewusstsein?"

"Dauert nicht mehr lange. Er wird, denke ich mal, noch sechs Stunden brauchen, um auf den

Beinen stehen zu können. Wir fahren gleich zum AKH."

"Sie können nicht zum Krankenhaus fahren! Wir müssen ein entführtes Mädchen finden!"

"Im Krankenhaus kriegen wir ihn wie gesagt in, ich schätze, sechs Stunden einigermaßen stabil."

Ina merkte wie Brigitte Christoph am Bein streichelte. Was soll das?

Ina schaute in die Runde der Polizisten, die hinter ihr waren. Sie erkannte den Polizisten von vorhin.

"Wie hießt du nochmal?", fragte sie.

"Hugo Vogt."

"Ach ja, genau. Kannst du bitte versuchen, die zuletzt gewählte Nummer zu orten?"

"Ja klar, ich geb mein bestes."

Ina schwitzte. Der Stress durch die Dinge, die sie in den letzten Stunden durchgemacht hatte, machte ihr zu schaffen. Sie schaute zur Notärztin, wie sie Christoph musterte. Woher kannte sie seinen Namen?

"Ina, ich habe ein paar Daten", sagte Hugo. Ina sprang von ihrem Stuhl auf und kam zu dem Tisch, an dem der Laptop aufgebaut war. "Also, in den Niederlanden, Roermond, am Maaswaarderweg, da ist so ein Wald direkt an einem Zeltplatz. Ich denke mal, da müsst ihr dann   suchen."

Ina war erleichtert. Der Weg zu den Niederlanden war kurz. Man brauchte etwa dreißig Minuten, um zu Roermond zu gelangen. Wenn Christoph um drei Uhr wieder stabil ist, dann haben wir noch genug Zeit, um zu Mali zu gelangen.

Paul

Mittlerweile war es einundzwanzig Uhr. "Lass uns die mal unterbrechen gehen", schlug Tim vor. In der Kälte und in der Ungewissheit über Mali saßen Tim, Ben, Jan und ich nun die letzten Stunden auf der Bank, unterhielten uns und schauten Sophia, Amelie und Michelle dabei zu, wie sie mit vielen der Jungs redeten. Die letzten Stunden vergingen ziemlich schnell. Ich fühlte mich abwesend. Irgendwie war ich nicht richtig da, schwank mit den Gedanken immer zu belanglosen Sorgen über.

Die Biologie Hausaufgaben, der Vokabeltest in Englisch ...

Die größte Sorge, weswegen ich wahrscheinlich abwesend war, war aber die Sorge um Mali. Um das Verbrechen.

Ich merkte, dass es den anderen ähnlich ging. So gut wie gar nicht hatte Ben an diesem Abend geredet. Jan fand die ganze Sache abnormal krank und Tim war tiefenentspannt. Vielleicht tut er nur so.

Doch seitdem Amelie, Michelle und Sophia bei den unbekannten Jungs waren, redeten, redeten und redeten sie.

Wie kann man sich so stark verstellen? Ich selbst kenne das aus eigener Erfahrung. Wenn man krank ist, verdrückt sich die Krankheit bei wichtigen Terminen und kommt, sobald man zu Hause ist, zurück.

"Hey", begrüßte Jan die Mädchen. "Hi!", antworteten sie voller Freude. "Lasst uns mal zurück gehen, wir sind hier schon seit zwei Stunden."

"Also wir finden es hier gut", sagte Amelie. "Fünf Minuten noch, dann gehen wir", meinte

Jan.

"Ja ja", sagten sie.

Jan drehte sich zu uns um. "Dieser Wind, verdammt,", meinte er.

Das Unwetter hat sich in den nächsten Minuten nur verstärkt. Ein leichter Regen zog auf. "Jetzt kommt aber mit!", rief Jan, als er die Tropfen auf seiner Haut spürte. "Ja ja!", riefen sie und es schien so, als verabschiedeten sie sich.

Jan war bereits weiter nach vorne gegangen. Durch den leichten Regen gingen wir schneller, es war gar zu kalt, und mit dem beschleunigten Schritt nahmen die Bilder Fahrt auf. "Mein Gott, hoffentlich hört das gleich wieder auf", meinte Sophia, als sie ihre Kapuze anzog. Der dünne Pfad, der zu unserem Platz zurück führte, wurde rechts und links von hohen Hecken umgeben. Automatisch fühlte man sich eingeengt, es war fast wie eine Art Isolation. "Erzählt uns mal bitte etwas über Sebastian." Jan hob den Namen heraus, da er nicht glaubte, dass er so hieß.

"Er heißt Dennis. Hat er uns später erst verraten", sagte Sophia.

"Wusst' ich's doch!", meinte Jan. "Er war ganz nett", sagte Amelie. "Aha, ganz nett. Also ich find's nicht nett, wenn man jemanden anlügt."

Jan war nicht begeistert.

"Och Jan!", meinte Sophia. "Hat er eure Nummer?", fragte Jan. Sophia schaute Amelie und Michelle an. Nach kurzer Zeit meinte sie: "Ähm …", sie stockte, "ja", antwortete sie.

Jan legte die Hand an die Stirn. "Na dann, gutes Gelingen."

Wegen der gestrigen Verfolgungen schaute ich mich regelmäßig um. Ich merkte nicht nur am eigenen Zittern, dass ich Angst hatte. Die Vorstellung, dass er immer noch hier, ganz in der Nähe sein konnte, erschreckte mich. Jedes Mal, wenn ich die Augen für eine Millisekunde schloss, sah ich in mich hinein. Ich kann meine Gedanken, meine Normalität durch Schicksale komplett verwerfen. Wenn eine mir wichtige Person geht, wenn sie stirbt, dann bin ich wie eingefroren. In der Verzweiflung. Zugleich bei Mali. Sie kann tot sein. Eine Freundin wäre weg. Für immer. Durch einen Psychopathen.

Ich war hin- und hergerissen. Das Leben stand in einem anderen Blickwinkel. Ich war unsicher, wie manchmal auch im Alltag, aber zur Zeit wie von anderen gesteuert.

"Wollen wir gleich noch irgendetwas machen?", riss Ben mich aus meinen Gedanken. "Ich bin so müde", meinte Amelie. "Ich esse jetzt noch etwas, aber dann will ich auch schlafen", sagte Tim.

 Ich sagte nichts.

Platz 5b.

"Na?", fragte Sandra, "Wie war es?" Jan hustete provokativ.

"Gut", meinte Sophia grinsend. Tim ging zu dem kleinen Kühlschrank. Er war etwa so groß wie mein Bruder. Sophias Handy klingelte. Sie griff mit ihrer Hand nach ihrem Handy und schaute auf das hell erleuchtete Display. "Unbekannt", sagte sie laut. "Soll ich rangehen?" "Ja, sofort! Vielleicht ist das wieder der Entführer", sagte Bea.

Sophia nahm ab. Man hörte zuerst nur ein Ausatmen. Dann hörte man erneut den Stimmenverzerrer: "Ihr müsst morgen um halb acht abreisen. Ob ihr Mali wiederbekommt, haben andere Leute in der Hand." Sofort legte der Unbekannte auf. Stille. Bea schaute in den dunklen Himmel. Wie kann ein Mensch so tief getroffen werden? Wenn das Kind weg ist, dann kann kein Messer tiefer stechen, keine Munition weiter eindringen und kein Schlag härter sein. Bea wurde getroffen. Von keinem Messer, von keiner Munition, von keinem Schlag. Ihr Herz wurde von einem eiskalten Menschen getroffen, ohne, dass er sie je berührt hat.

"Dann tun wir das!", meinte Sandra, "Und falls sie nicht mehr da ist, dann gehen wir direkt in Deutschland zur Polizei."

Das einzige, was Bea nun brauchte, war Unterstützung. Nur noch wenige Stunden, und dann ist es soweit.

Das Waschhaus am Eingang des Parks war uns zu weit weg, um nun dort hinzugehen. Wir nahmen eine mit Leitungswasser aufgefüllte Flasche und ersetzten das Waschbecken zum Zähneputzen dadurch.

Ich schaute in den schwarzen Nachthimmel. Er war so tief, er war so leer.

Übermüdet legte ich mich in mein Zelt. Tom schlief bereits.

Wie gestern schlief ich mit den gleichen Gedanken ein. Er kann unmittelbar in meiner Nähe sein.

33

Im Abgrund

"Verdammt!", schreie ich laut, als ich meine Augen langsam öffnete. Ich merke, dass ich gefesselt bin. Ich liege. Ich liege erhöht auf einem Tisch. Was ist das? Ich versuche meinen Kopf so weit wie möglich zu wenden. Wenn ich nach rechts schaue, sehe ich, dass ich nicht mehr in einem engen Toilettenraum, sondern in einem größeren liege. Und ich liege auf einem Tisch, mit einer grünen Matte unter mir. Wer macht sowas. Da schon viel Zeit vergangen ist, habe ich mich daran gewöhnt, ruhig zu bleiben. Ich hoffe, dass ich doch noch von Christoph und – wie war nochmal ihr Name? Ina! Genau! – gefunden werde.

Was war eigentlich gerade eben? Oder, wann

auch immer das war. Irgendwie war ich weg.
Und jetzt bin ich hier. Ich versuchte mich von
den Hand- und Fußschellen zu lösen, jedoch rieb
das nur noch mehr und ich verletzte mich dabei.
Es war ein Schlag! Genau! Aber ich weiß nicht,
von wo. Es muss von oben gewesen sein. Die Tür
war, meine ich, nicht offen. Nun ja. Jetzt liege
ich hier.

Warte mal – was zum Teufel ist das da? Ich sah
auf der rechten Seite von mir Tische mit grünen
Tüchern darüber und – da waren Messer! Jetzt
verstand ich: Das hier war ein OP-Saal? Aber:
Wer macht so etwas? Wer ist so krank?
Ich rieche einen abartigen, leicht süßlichen Duft.
Er scheint von meiner Nähe zu kommen. Ich
denke, dass kein Kühlschrank so ekelig riechen
kann. Ich denke, dass noch nicht mal ein Käse so
stinken kann. Was kann es sonst sein? Noch
nicht einmal eine Mülltonne schafft diesen Gestank. Mit der Zeit gewöhne ich mich an den
abartigen Geruch. Nur die Frage nach dem, woher dieser Duft kam, bleibt mir treu im Kopf.

Was auch immer das hier ist: Es ist nicht normal. Die Frage nach normal und unnormal finde ich ziemlich interessant. Ich finde, es gibt kein "normal" und "unnormal". Wenn etwas "unnormal" wäre, dann würde die Natur es nicht so geschaffen haben. Na klar, wenn Maschinen oder die Technik Dinge verändert, dann ist es eine maschinelle Veränderung. Aber auch das muss ja "normal" sein, denn "unnormale" Dinge, würden ja nicht normal, also fast unmöglich sein. Wie dem auch sei: Wenn man etwas als "unnormal" bezeichnet, kann man es auch als "außergewöhnlich" bezeichnen. "Unnormal", finde ich, klingt ausgrenzend und abwertend. Menschen kann eine Ausgrenzung tief treffen. Materielle Dinge natürlich nicht, jedoch benutze ich lieber Wörter wie "extravagant" oder "außergewöhnlich", um meine Moral zu stützen.

Wenn ich moralisch einen Fehler mache, muss ich ihn verbessern. Ich habe einen großen Ehrgeiz danach, dies zu schaffen. Und auch wenn mir jemand einen Auftrag gibt, muss ich ihn beenden. Manchmal habe ich das Gefühl, ich wäre zu ehrgeizig. Da kommt wieder das Gewissen und die Moral rein: verändere etwas. Wenn es um etwas zu verändern geht, bin ich genau so spontan, wie sonst auch. Spontane Entscheidungen machen mich selbstsicherer, und das macht mich stark. Stark vor großen Klappen, hinter denen nichts als Neid, Hochmut oder Arroganz ist.

Ich liebe die Anfänge, die ich oft spontan tätige. Doch das Aufhören fällt mir meist schwer. Bei einem Hobby, das mir wenig Spaß macht, fällt es mir schwer aufzuhören. Diesen einen kleinen Schritt zu wagen und zu sagen: "Komm, es reicht. Ich beende das ganze hier."

Mein Gewissen ist dann ziemlich schlecht. Doch wenn ich den Schritt wage, dann fühle ich mich wieder stark und selbstsicher. Und diese wechselnden Eigenschaften machen mich aus.

Der Raum lag in Stille. Mal hörte ich einen kleinen Windzug, mal klapperte ein Messer. Hoffentlich sind Christoph und Ina gleich da.

Bevor er wieder da ist. Wenn ich mir das ganze Besteck ansehe, kann ich mir vorstellen, was passiert, wenn man tot ist. Es geschieht weiter. Immer weiter bearbeitet er die Leichen. Warum denke ich an sowas? Warum denke ich an jemanden, der Leichen noch mehr zerstückelt? Warum stelle ich mir sowas vor. Warum könnte genau das auch eintreten?

Es wäre so, als wenn ich eine Flasche zerschneide, sie dann ankokele, dann zertrete, mit einem Auto darüber fahre ... – es wäre krank, wenn ein Mörder eine Leiche noch mehr zerstückelt. Das geht doch gar nicht. Eine Leiche kann nicht mehr tot sein, als sie schon ist. Genauso wie ein flüssiges Wasser: Es kann nicht flüssiger sein, als es ist. Es kann gasförmig werden, dann wäre es aber Wasserdampf.

Es wäre der Leichenkiller.

Draußen schien es schon dunkel zu sein. Es schien, als wäre es Nacht. Vorhin hörte ich noch ab und zu ein lautes Auto auf einer Autobahn, die in der Nähe sein müsste. Dann scheint das hier ja nicht ganz so abgelegen zu sein. Was war das hier überhaupt für ein kleiner Raum? Zum Leichen töten?

Er sieht an den Ecken etwas rund aus. So breit wie er ist, so hoch. Es kann eigentlich nur eine Art Wohnmobil oder so sein. Wohnwagen, oder irgendwie sowas muss das hier doch sein. Dann kann ich ja noch auf dem Zeltplatz sein. Rouvenhof hieß er, meine ich.

Mir kam ein Gedanke in den Sinn: Ich glaubte, der Geruch kommt von einer Leiche. Sie konnte ganz in der Nähe sein. Auf die Frage, wer so krank ist und so etwas macht, fand ich keine Antwort. Und auf die Frage, ob es übertrieben war, hierzu noch "außergewöhnlich" zu sagen, hatte ich ganz klar eine Antwort: Nein, das war nicht außergewöhnlich, das war unnormal.

Ich wendete meinen Blick nach links und erinnerte mich zurück an das, was ich total vergessen hatte: die Zeit, die auf dem rot erleuchteten Display auf dem Kasten ablief. Sie stand links neben diesem Tisch, auf dem ich gefesselt lag.

Neun Stunden und sechs Minuten. Christoph und Ina, kommt, bevor es zu spät ist.

34

Der Tod kommt nie zu spät.

Der Mond erleuchtete ihm den Weg, es war gar
zu kalt, doch er rannte immer weiter. So wie man
ihn im Rennen nicht stoppen konnte, war es auch
im Durchdrehen. Im Töten.
Schon mehrmals berichtete die Zeitung über ihn.
Schon mehrmals hat er gemordet, doch noch nie
hatte ihn jemand gehört. Nun ist es offensichtlich. Man hat eine Spur, wenn nur eine kleine.
Und er hat einen Komplizen, der gerade im Polizei Präsidium eine Geiselnahme macht. Er hatte
weder Respekt noch Achtung vor dem Ende anderer Menschen. Der Tod war sein Ventil, wenn
gleich es nicht sein eigener war.
Wieder und wieder rannte er durch die Gassen
und Wege, die sich zufällig durch die Bäume

ergaben. Er schrie seit mehreren Stunden ab und zu wild, man könnte ihn mit einem Wildschwein vergleichen. Die Ärzte ließen ihn los, nachdem sein Hausarzt ihn an den Psychologen verwiesen hatte. Er hatte sich verstellt. Wie kann ein menschlicher Körper sogar einen Arzt täuschen? Verstand und Sinn, das waren die Dinge, die bei ihm fehlten. Er fand keinen Sinn mehr im normalen Leben. Seine Alternative war sein Hobby, sie war seine Leidenschaft.

Er sah, dass der Mond jetzt ungefähr an der Stelle stand, an der er immer stehen muss, damit er anfangen kann. Er schrie laut auf, in Freude auf die nächsten Stunden, in Freude auf die nächste Leiche.

Der lange Pfad in der Mitte des Waldes, der auch von Fahrrädern und Autos befahren wurde, führte ihn zu seinem Ziel: dem Keller. Allgemein war der Wald sein Revier. Dort fand ihn keiner, dort hatte er zwei Möglichkeiten, sich zu verstecken. Und vor allem hatte er direkt in der Nähe das Inventar.

Es war vor Mitternacht. Der Mond stand an der hohen Fichte mit dem Vogelhaus genau in der Mitte. Es war Zeit für ihn anzufangen. Der nächtliche Nebel ließ ihn blinzeln, und bei jedem Schlag seiner Augenlider kam er schneller zum Ziel. Jeder Schritt nach vorne ließ ihm noch mehr Wasser im Mund zusammenlaufen. Der stürmische Wind zog an den Ästen der Bäume. Die hohen Tannen tanzten mit ihren Ästen. Er ging im normalen Tempo, war aus der Puste. Sein Tag beginnt mit der Dunkelheit, und endet oft mit dem Tod Anderer. Mit dem grausamen Tod anderer.

Immer, wenn er an die Momente aus seiner Kindheit dache, ballte er seine Faust. Er wollte nicht daran denken, nicht an die schlimmste Zeit seines Lebens. Er glich die Gedanken mit der Erlösung aus, die gleich folgen würde. Auf dem schmalen Weg des Waldes ging er strikt geradeaus, mal schneller, mal langsamer. Wild wirbelte er mit seiner Hand hin und her, das gab ihm gleiche Wirkung wie im Rennen. Er brauchte immer eine Auslastung. Der schmale Weg nahm ein Ende und eine Mündung zu einem von Hecken umgebenen Weg zeigte sich. Er nahm diesen Weg und sah schon von Weitem den hellen Schein der Straßenlaterne. Der Wald war menschenleer. Jeder Schritt quietschte im nassen Waldboden und ergab durch die grünen Gummistiefel einen hellen Ton. Bereits vom Weiten erkannte er sein Revier, es war nicht versteckt, eher offensichtlich, doch noch nie hatte er je zuvor einen anderen Menschen hier lang gehen sehen. Wie auch? Das Tor, das er selbst platziert hatte, war noch etwa fünfzehn Meter von ihm entfernt. Es versperrte den Weg für andere. Es war ungefähr drei Meter breit, so breit, dass keiner an der Seite vorbeikonnte. Das Tor sah durch die Hecken wie eine Einfahrt reicher Leute aus, jedoch machten der dreckige Waldboden und die Dunkelheit das sprachliche Bild der teuren Einfahrt kaputt. Er nahm den durch den Schlamm verdreckten Schlüssel in die Hand und schloss das dicke

Fahrradschloss auf. Es war massiv und schwer, sodass er seinen Arm im ersten Moment etwas hängen ließ. Er packte das Tor an und schob es etwas nach vorne, sodass er an dem in den Boden geschlagenen Pfosten vorbeikam. Nachdem er das Tor wieder zurückgeschoben hatte, ging er noch etwa zwanzig Meter weiter nach vorne, wo das kleine Häuschen stand. Es bestand aus Beton und war fest im Boden. Fast zwei Meter breit und etwa drei Meter lang war es. Von vorne war das Häuschen frei, man konnte von weitem zwei Stühle erkennen, doch von hinten war es zu. Es sah wie eine uralte Bushaltestelle aus, doch es war komplett ummauert. Es folgte eine weitere Laterne, die die düstere Nacht erhellte. Als er unter dem Dach des offenen Häuschens stand, schaute er sich um, und als er sicher war, dass ihn niemand sehen und hören konnte, schob er die Bank weg und öffnete die Klappe. Es konnte gut sein, dass noch laute Schreie aus dem Keller kommen konnten, deshalb war er immer sehr vorsichtig.

Die an der Wand befestigte Leiter bestand aus Holz und schien nicht sehr stabil zu sein. Unten angekommen schaute er sich immer zuerst wie ein Professor seinen Sektionssaal an. Er besaß zwei davon. Einer war in einem Wohnwagen. Dort tötete er. Hier im von ihm genannten Sektionssaal wurden die Leichen dann bearbeitet und präpariert, so, wie es ihm gefiel.

Die Mädchenleiche, die er vorhin in den Saal gebracht hatte, war blass, gilbte an und verlor die normale Farbe. Für ihn hieß das, dass es höchste Zeit war anzufangen.

Mit viel Mühe ließ er seiner Leidenschaft freien Lauf. Er setze verschiedenste Seziermesser an, machte Muster, entfernte Organe und erlebte seine Welt. Seine Freude am Töten. Seine Freude am Leichentöten.

Es vergingen Minuten, für ihn fühlte es sich wie Stunden an, in denen er das Mädchen nach seinen Vorstellungen bearbeitete. Sein Verstand fraß sich in die Leidenschaft hinein. Aufzuhören war nicht die geringste Option. Es musste weitergehen, immer und immer wieder. Er würde sowieso, wenn alles nach Plan lief, direkt wieder neue Leichen haben und weitermachen können, so dachte er. Immer wieder wechselte er die Messer, mal war es eine Schere, und mit der Zeit wurde er immer zufriedener. Er fühlte sich wie ein Gerichtsmediziner. So führte er sich auch auf. Er selbst nannte sich immer mit Doktortitel und fühlte sich nur wohl in seinem „OP Saal" oder in seinem "Sektionssaal".

Nach und nach reichte es ihm, die Zeit verging wie im Flug, und er legte seine benutzten Messer und Scheren in die Spüle, die direkt rechts neben dem Tisch in der Mitte des Kellers war. Er zog seine Gummihandschuhe, die voll Blut waren, aus und warf sie in die Mülltonne. Er fühlte sich nach so einer „Routine Sektion" erleichtert, wie er sie nannte, er musste auch etwas in sein Buch eintragen. Durch seine durchgehend zitternden Hände war dies nicht so einfach möglich, doch für ihn war es wie ein Beruf. Früher, wo er noch mit seiner Frau zusammen war, hatte er noch keinerlei Gedanken an so etwas. Er könnte sich auch jederzeit vorstellen, wieder eine Frau zu haben, bei den Leichen ging es für ihn nur um das Töten, jedoch fühlte er sich von der restlichen Welt gehemmt. Er konnte nur noch in diesem Wald. Er konnte nur noch hier. Er musste töten.

35

Im Abgrund

Christoph? Ina? Ich höre Geräusche, sie scheinen direkt vor dem Raum hier zu entstehen. Die Tür geht auf. Mein Puls geht auf einhundertachtzig, mein Herz rast. Es ist ein Mann mit einer Sturmmaske, es scheint der gleiche wie gestern zu sein. Seine grünen Augen blitzen mich erneut an. Ich kann wieder in seinen Verstand hineinschauen. Was macht er? Erst jetzt bemerke ich den großen Beutel in seiner Hand. Es bewegt sich nichts dort darin. Doch von außen sieht man die Konturen von zwei Beinen. Ich bin still. Ich sehe nur, wie er eine Tür direkt vor dem Eingang des Raums öffnet und hinein geht. Nach kurzer Zeit kommt er wieder heraus. Seine grün leuchtenden Augen schauen zu mir, dann dreht er sich um und verlässt den Raum. Ich sehe, wie er eine Stufe heruntergeht. Die Größe des Raums und die Fenster, der kleine Raum, in den er gerade hinein gegangen ist und die abgerundeten Ecken des Raumes passen nur zu einem Wohnwagen. Ja. Es muss ein Wohnwagen sein.

Die Zeit vergeht für mich wie im Flug. Die Gedanken, die ich mir mache, beschleunigen die Zeit. Ich merke zum ersten Mal, wie schnell die Zeit vergeht. Wenn man in Sekunden überlegt, ist es nach der nächsten Sekunde schon wieder Zukunft, und jede Sekunde, die wir mitzählen, geht in die Vergangenheit. 1, 2, 3, 4, 5, ... Die Zeit ist nicht zu stoppen. Jedes Wort, das man liest, ist ein Schritt in die Zukunft. Jedes gesprochene Wort ist ein Wort der Vergangenheit. Die Zeit rennt. Die Zeit sprintet. Jedoch kann die Zeit auch langsamer laufen, gar schlendern, wenn man genau das nicht braucht. Da sind wir selber schuld, denn wenn man jede Sache genießt, dann vergeht die Zeit auch schneller. In der Schule kann die Zeit unglaublich langsam vergehen. Das ist aber auch klar, wenn man schon vor dem Unterricht keine Lust darauf hat. Viele Jugendliche vergessen, dass die Schule die einzige kostenlose Chance zum Lernen ist. Zugegeben, auch ich als faule Mali habe nicht immer Lust auf die Schule, jedoch sehe ich sie als Chance. Als Chance auf ein makelloses Leben. Als Chance auf einen Job, der mir Spaß macht.

Warum jetzt im Wohnwagen die Zeit so schnell vergeht, kann ich mir gerade auch nicht erklären. Ich schaue auf die Uhr, die die Zeit herunterzählt.

Vier Stunden und zwanzig Minuten. Ich hoffe, dass Christoph und Ina noch früh genug kommen. Ich spüre, dass ich Angst bekomme. Es sind nur noch vier Stunden. Das ist wenig, eigentlich zu wenig.

36

Ina Herbst

Es war mittlerweile vier Uhr nachts. Nur mit viel
Kaffee schaffte Ina es durchzuhalten. Sie saß nun
seit zwei Stunden bei Christoph im Krankenhaus.
"Soll ich den Zettel holen?", fragte Ina.
"Ja."
Christoph war bereits um Mitternacht fähig zu
reden, aber noch ziemlich benommen. Mittlerweile hatte er zwei Stunden geschlafen und
versuchte jetzt ein wenig mit Ina im Zimmer zu
rennen, um für gleich zu üben. Für den Ernstfall.
Er fühlte sich bereit nun loszufahren. Ina ging
aus dem Krankenzimmer und suchte den Weg
zur Schwesternkanzel.

"Hallo, ich hätte jetzt gerne den Zettel, den Christoph unterschreiben muss, damit wir los können.

"Sind sie sich wirklich sicher?", fragte die etwas fülligere Schwester so langsam wie in einer schlechten Arztserie.

Ina sagte energisch: "Ja, sonst wäre ich ja nicht hierhin gegangen!"

"Okay", sagte die Schwester mit einem Lächeln.

"Beeilen Sie sich, verdammt nochmal! Wir haben einen schweren Fall zu lösen!" Die Krankenschwester suchte in einem roten Aktenordner nach dem Dokument und nahm sich ihren Stift.

"Kommen sie mit mir", befahl sie. Ina ging in schnellem Schritt neben ihr, die Hände in ihrem langen schwarzen Mantel.

"Ich wünsche Ihnen viel Glück bei der Suche", meinte die Krankenschwester.

"Danke, das können wir gebrauchen." Ina tastete in der Manteltasche den zerknickten Zettel ab, den sie mit der Adresse, wo Christoph und sie hinmussten, mit zitternden Händen beschriftet hatte.

Hoffentlich kommen wir noch rechtzeitig an.

"Herr Langen, hier müssen sie einmal unterschreiben, nachdem sie das Dokument durchgelesen haben."

Die Krankenschwester machte ein Kreuz an der Stelle, an der Christoph unterschreiben musste, und ließ den Stift auf Christophs Nachttisch, auf dem ein Tee stand, liegen.

Nachdem die Krankenschwester den abgedunkelten Raum, in dem nur Christoph alleine mit Ina war, verlassen hatte, schaute Christoph keine zehn Sekunden über das Blatt und unterschrieb einfach.

"Komm, lass uns los", meinte er.

Christoph und Ina verließen den Raum und holten die Krankenschwester, die immer noch auf dem Weg zurück zur Schwesternkanzel war, ein und drückten ihr den Zettel in die Hand. "Oh", wunderte sie sich über das schnelle Handeln der beiden, "danke und viel Glück!"

"Danke", rief Ina, die Christophs Arm einge-
hackt hatte und führte ihn so etwas mit. Der
Fahrstuhl stand offen und die beiden gingen hinein. Eine Ärztin befand sich bereits im Fahrstuhl.
Ina drückte "EG" und sah dann, dass die Ärztin
in die vierte Etage musste.
Na toll, dann fahren wir eben noch eine höher,
dachte Ina.

Christoph lehnte sich an die Fahrstuhlstange an
und legte den Kopf in den Nacken. Ina stand
Christoph und der Ärztin gegenüber. Sie musterte die schwarze Lederjacke von Christoph.
Die silbernen Knöpfe am Reißverschluss schim-
merten im Licht. Ina fragte sich, weshalb
Christoph keine Partnerin hatte. Er sah für sein
Alter, Ina meinte sich daran zurückzuerinnern,
dass er einmal gesagt hätte, dreiundvierzig zu
sein, ziemlich frisch aus. Das musste schon etwas her sein. Vielleicht ist er jetzt Ende vierzig.
Das ist doch kein Alter, dachte Ina.
Christophs Blick streifte Ina. Er schaute sie an
und seine Mundwinkel bewegten sich nach oben.

"Wir schaffen das", sagte er zu Ina. Die Ärztin erschreckte sich und schaute mit ihren durch ihre Brille vergrößerten Augen zu ihm rüber. "Ja, wir retten sie", meinte Ina.

Die Ärztin schaute zuerst Christoph, dann Ina an und warf ihren Blick dann auf ihre Uhr. Christoph lächelte Ina an. Ina lächelte zurück. Wenn die Ermittler stimmen, klappt die Ermittlung. Ina und Christoph sind ein gutes Team, und deshalb waren die beiden sich sicher, dass sie Mali retten würden.

Als der Fahrstuhl oben ankam und die Ärztin ausstieg, atmete Christoph laut ein. Er wandte seinen Kopf zur geschlossenen Tür und schloss die Augen.

Als die Fahrstuhltüren sich öffneten, kam von der Ambulanz eine für eine Frau unheimlich große Krankenschwester Ina und Christoph entgegen.

"Entschuldigen Sie, Herr Langen, Frau Herbst", sie pausierte. "Draußen stehen viele Journalisten."

Im Vorbeigehen an der großen Krankenschwester sagte Christoph: "Das ist uns ziemlich egal."
Die automatische Tür öffnete sich und das Blitzlichtgewitter begann.

"Entschuldigen Sie, wir sind gerade nicht zu sprechen!", rief Ina laut. Die Journalisten liefen Ina und Christoph hinterher, warfen ihnen Fragen an den Kopf und machten Fotos. Ina schloss den BMW Zivilwagen auf und stieg ein. Christoph kam so schnell wie möglich hinterher und schnallte sich an.

Christoph stellte die versteckten Rückblaulichter und das laute E-Horn des Zivilwagens an und Ina legte den Rückwärtsgang ein. Christoph nahm das Mikrofon zum Sprechen durch den Lautsprecher und drohte: "Wenn ich irgendwo Bilder von dem Wagen mit Blaulicht sehe, zeige ich Sie wegen Behinderung des Einsatzes an."
Sofort hörte das Blitzgewitter auf.
"Na dann los", meinte er zu Ina. Christoph stellte das Blaulicht und das E-Horn wieder ab und Ina

fuhr den Weg vom Krankenhaus hinunter und gab im Navigator das Ziel ein. "Wir haben noch zwei Stunden und fünfundvierzig Minuten", meinte Christoph. "Wir schaffen das", sagte Ina.

37

Tot oder nicht tot.

Das Telefonat war ein Fehler. Mehrere Monate hatte es gedauert, den Wohnwagen aufzubauen und das Material zu kaufen. Doch es war ihm egal. So viel Geld würde er nie wieder bekommen. „Und für so einen guten Auftrag machst du das doch gerne, oder?", schwirrte es ihm immer wieder durch den Kopf. Nein, eigentlich war ihm der Wagen wichtiger, aber das Geld … Das verdammte Geld.

Nein. Es steht fest. Wenn er jetzt absagen würde, dann würde sein Plan so oder so nicht aufgehen. Aber wann will er das Geld ablegen? Es muss ja schon geschehen sein. Wie soll er das jetzt noch machen? Aufgrund der Tatsache, dass er ihn nie wieder sehen wird, ging er weiter, ohne sich einen großen Kopf zu machen. Er dachte an das Geld, dachte an seinen dann komplett neuen Saal.

Der lange Waldweg machte erneut die schmale Mündung zu seinem Keller. Er musste aufräumen und waschen. So wie jeder Gerichtsmediziner mit Doktortitel.

Wenn Wünsche nicht in Erfüllung gehen, sind Menschen traurig. Oft vergeht das Verlangen nach dem gewünschten dann nicht so einfach. Man sucht Alternativen. Seine Alternative sind echte, lebende Menschen und ein versteckter Kellerraum.

Ina Herbst und Christoph Langen

„Dieser Verkehr regt mich auf", beklagte sich Christoph auf dem Beifahrersitz. Nachdem sie die A61 passiert waren, und nun auf der A52 fuhren, plante Christoph bereits gleich auf die A73 zu wechseln.

„Was kann man um halb fünf hier erwarten?", fragte Ina.

Es war nicht sonderlich voll, jedoch merkte man, dass viele nicht ausgeschlafen waren, um konzentriert Auto fahren zu können. Christoph und Ina ließen jegliches Blaulicht aus und fuhren so, wie jeder andere auch.

„Frag mal nach, wie es mit der Geiselnahme aussieht", meinte Ina.

„Ja, mach ich."

Christoph rief beim Sekretariat an und ließ sich weiterleiten. Ihm wurde gesagt, dass alles unter Kontrolle sei. Der Geiselnehmer habe nichts Weiteres angedroht. Seine Sturmmaske habe er immer noch auf.

„Alles gut", berichtete er Ina kurz.

Christoph schaute auf seine Uhr.

Noch verdammte zweieinhalb Stunden. Christoph und Ina hatten keinen genauen Standort.

„Wo fangen wir gleich an?", fragte Christoph hektisch.

Ina blieb ruhig.

„Wir werden sehen, wo wir hingeleitet werden. Wenn es tatsächlich ein Wald ist wie auf … warte mal", Ina überlegte. „Hugo! Genau. Wie auf Hugos Karte, dann fangen wir vorne an und arbeiten uns durch."

Der BMW beschleunigte und überholte einen Kleinwagen. Ina war konzentriert. Christoph war erschöpft. Niemals hätte Ina gedacht, dass er kurz nach einer Reanimation schon so fit sein kann. Ina beschleunigte erneut. Es waren zwar noch zweieinhalb Stunden, jedoch gingen noch mindestens zwanzig Minuten für die Fahrt drauf. Die grellen Lichter der Autobahn störten Christoph. Er schloss die Augen für einen Moment. Kurz vor der Grenze in die Niederlande öffnete er sie.

„Weiß eigentlich dein Mann Bescheid?", fragte Christoph plötzlich völlig unerwartet. „Vielleicht durch die Presse. Er kennt ja meinen Job und ist sich dessen bewusst, was hier alles passieren kann. Plötzlich."

Christoph Atmete laut aus.

„Leider passieren auch solche Dinge in diesem Job."

Christoph schaute nach draußen. „Erst der Mord an Nico und Helen, dann das Mädchen, dann Mali, dann die Geiselnahme", Christoph atmete durch, „was soll denn noch alles passieren?"

„Ich weiß es nicht. Wenn wir den Geiselnehmer und vielleicht auch noch jemanden von ihm, irgendjemand muss das hier ja in den Niederlanden gemacht haben, bekommen, dann werden wir es vor Gericht erfahren." Auch Christoph war bewegt. Zum ersten Mal in seiner Polizeikarriere war er gerührt. Es saß irgendwie nicht mehr alles an seiner Stelle.

Etwas abgelegen von der Innenstadt, an der Ina und Christoph gerade vorbei gefahren waren, lag nun der Parkplatz. Es folgte ein Wald, der einen gewissen Bereich umfasst.

Ina stieg aus und richtete ihren schwarzen Mantel. Christoph legte seine Hand an seinen Gürtel um sicherzustellen, dass seine Waffe da war. „Hast du alles?", fragte er sie.

„Ja, wir können losgehen. Lass uns keine Zeit verlieren."

Christoph und Ina machten die Taschenlampen an und leuchteten auf den Boden. Noch knapp zwei Stunden hatten sie Zeit.

Der Waldeingang sah düster aus und im ersten Moment schaute Ina sich erst mal um. „Dann lass uns mal den Weg entlang." Der breite Wald hatte nur einen Weg. Keine Abzweigung folgte, weshalb Ina und Christoph von diesem Weg aus gründlich in jede Ecke schauten. Die massiv hellen Lichter der Taschenlampen erfassten viele Büsche. Kein Schleichweg war an den Rändern des Weges zu erkennen. Der Wald war an den Seiten des Gehwegs stark von Pflanzen, Bäumen und Büschen bewachsen. Christoph hörte ein Klappern. „Ina!"

39

Paul

Die lautstarken Stimmen außerhalb des Zelts weckten mich. Ich hatte eine unruhige Nacht. Vorhin hörte ich bereits den Wecker von Tom und Mama. Sie mussten schon aufgestanden sein. So machte auch ich einen Ruck und kniete mich hin. Ich zog eine Strickjacke über den Pullover drüber und ging aus dem Zelt raus. Der frische Wind gab mir einen Kick, wach zu werden.

„Hallo", begrüßte ich die anderen. „Na, wie geht's?", fragte ich ohne auf die erschrockenen Gesichter der anderen zu achten.

„Sophia ist auch weg!", sagte Michelle. Ich konnte erst gar nicht fassen, was sie sagte.

„Sophia ist – was?"

„Weg!", meinte Michelle.

„Hat nochmal jemand angerufen?", fragte ich.

„Nein. Wir haben nur noch die Informationen von gestern Abend."

Tim, Ben und Jan schienen noch zu schlafen, hingegen alle anderen schon aufgestanden waren.

„Wie viel Uhr ist es?", fragte ich.

„Sechs Uhr", meinte Amelie.

Ich sah, wie Charlotte und Bea zusammen mit Sandra und Colette saßen und Mama ihnen einen Tee machte.

„Wir werden sehen", meinte Michelle. „Es ist noch eine Stunde."

Noch eine Stunde der Angst. Noch eine Stunde der Ungewissheit.

Ina Herbst und Christoph Langen

„Was erschreckst du mich so?", fragte Ina.

„Irgendwas hat hier geklappert."

Ina schaute sich um.

Es war nichts!

Den langen Waldweg entlang suchten sie jetzt bereits seit einer Stunde nach einem Anhaltspunkt, jedoch vergeblich. Es gab keinen einzigen Abzweig vom Weg. Christoph und Ina konnten auch nicht sonderlich weit vom Weg abgehen, da der Wald stark von Büschen und Pflanzen bewachsen war.

„Es ist jetzt sechs Uhr, wir haben noch eine verdammte Stunde!", meinte Ina.

Bereits zum zweiten Mal gingen sie den langen Weg nach rechts entlang.

„Lass uns mal weiter gehen", meinte sie. Gerade eben wechselten sie an einem Punkt die Richtung, da sich in der anderen Richtung auch noch ein Stück befand.

Ina und Christoph rannten bis zu ungefähr der Stelle, an der sie umgekehrt waren. Es war sechs Uhr und die Sonne ging bereits auf. Es war immer noch ziemlich dunkel und frisch, aber das Sonnenlicht ersetzte die Taschenlampen. Inas Mantel wärmte sie, so konnte sie schneller rennen.

Christoph kam ins Schwitzen. Er hatte sich noch nicht erholt und war deswegen jetzt schnell aus der Puste.

„Wir haben keine Zeit mehr!", sagte er. Diesmal blieb Christoph nicht ruhig.

Plötzlich rief Ina: „Da vorne!"

„Was ist da?" Christoph war etwas weiter hinter ihr.

„Da ist ein Weg!"

Tatsächlich!

Es war der einzige Weg, der von dem großen Waldweg abließ.

„Lass uns da lang", meinte Christoph. Ina und Christoph gingen vorsichtig den schlammigen Weg entlang. Er war nicht breiter als ein Meter.

Christoph und Ina gingen den etwas steilen Weg hinunter und kamen zu einer großen Wiese. „Ein Zeltplatz!", meinte Christoph.

„Ja, aber so leer?", sagte Ina. „Nur da rechts stehen Zelte."

„Komm, da gehen wir – warte mal, hier vorne!"

„Warum stellt man sich so abgelegen hin?", fragte Ina.

„Ina!", rief Christoph, „verstehst du denn nicht?"

„Was soll denn sein?"

„Das passt zu dem, was Mali uns gesagt hat! Wo sie drinnen ist!"

Inas Augen gingen weit auf. Christoph griff zur Waffe und Ina folgte ihm. Das Vorzelt des Wohnwagens schien leer zu sein. Von außen betrachtete Christoph den Wagen ganz genau.

„Lass uns rein gehen, bevor es zu Spät ist." Ina schaute erneut auf ihre Uhr. Sechs Uhr siebzehn. Noch vierzig Minuten.

Konzentrier dich, Christoph, dachte Christoph, als er vor dem Vorzelt des Wohnwagens stand, die Waffe umklammert mit beiden Händen. Er schlug die Plane, die als Tür diente, auf und ging schnell in das Innere des Vorzeltes. „Niemand zu sehen", sagte er zu Ina, die auch mit Waffe im Zelt stand.

Christoph schaute sich das Schloss des Wohnwagens an, während Ina das Fernglas musterte. Das nicht verriegelte Schloss wurde von Christoph nach rechts geschoben und die Tür sprang einen kleinen Schlitz auf.

Los!

Christoph ging hinein und schaute sich um. „Dahinten!", sagte er zu Ina.

„Mali?"; fragte sie.

„Ja, ich bin hier", antwortete Mali. „Verdammt!", Ina sah, dass sie an den Tisch angekettet war.

„Ich hole schnell die Brechzange!", sagte Christoph. Ina stoppte ihn.

„Ich mache das. Du bist noch nicht fit und außerdem ist der Kasten schwer."

Als Ina Herbst sich auf den Weg machte, bemerkte Christoph die roten Lampen der Uhr, die runter zählt.

„Noch vierunddreißig Minuten", las Christoph laut vor.

„Ich bin so froh, dass sie jetzt da sind", meinte Mali.

„Sag ruhig du", bot Christoph hektisch an. „Weißt du, ob er noch hier ist?"

„Nein, er hat da in den Raum, in dem ich glaube ich auch drinnen war, einen Beutel rein geschmissen. Da waren, meine ich, Konturen von Beinen."

„Ich schaue mal."

Christoph klopfte an die Tür, an der WC dran stand.

„Hallo?", rief er laut.

„Ist da jemand?"

Ganz leise aber klar hörte Christoph ein ‚Ja'.

„Hallo, ich bin von der Polizei. Wir retten dich jetzt gleich."

Christoph fuhr sich mit der Hand über die Hose, da die Hand schon weh tat wegen des Gegenschalgens an der Tür.

„Ist wirklich jemand drinnen", informierte er Mali.

Christoph sah sich die Handgelenke von Mali an.

„Die sind aber schon ganz schön abgerieben", meinte er.

„Tut auch ganz schön weh."
„Kann ich glauben."

Christoph schaute erneut auf die Uhr. Noch neunundzwanzig Minuten.

„Wir werden dich und die Person von da drinnen retten, bevor die Zeit abläuft."

Christoph musterte das Gerät. Er schaute sich die Ecken und Kanten an und überlegte, ob es wirklich eine Bombe war, doch sein Klingelton riss ihn aus seinen Gedanken.

Ina!

„Ina?", fragte er.

„Christoph, wir haben den Koffer nicht dabei!"

„Scheiße!", fluchte er laut.

„Bleib da, ich fordere einen auf der Wache an." Christoph war froh, dass der Weg nicht lange war. Etwa zwanzig Minuten braucht man auf der Einsatzfahrt.

Christoph redete mit der Sekretärin und sagte, dass sie unbedingt Gas geben mussten. Bevor es zu spät ist.

„Wir haben kein Werkzeug im Auto", sagte er zu Mali und schaute auf die Uhr. „Wenn die jetzt losfahren, dann sind die in zwanzig Minuten da."

„Schaffen wir es dann noch?"

„Ich schätze, wir haben dann noch drei Minuten, wenn Ina bei uns ist. Wir packen das."

Christoph ging zurück zur WC Tür und betrachtete das Schloss. Er versuchte es aufzuschlagen, doch es klappte nicht. Erst jetzt realisierte er den Horror. Die Vielfalt an Messern machte nun auch ihm Angst.

Himmel, lass es nicht zu spät sein!

Ina bewegte sich hin und hier. Sie spürte ihren Herzschlag im Hals.

Sie wartete nun bereits seit mehr als siebzehn Minuten auf den Wagen. Ina schaute besorgt auf ihre Uhr.

Sechs Uhr neunundvierzig, los jetzt!

Die Sirene! Ina atmete durch, als sie das blaue LED-Licht des Streifenwagens sah. Er kam auf sie zu und sie riss den Kofferraum auf, nahm den Kasten und rannte los.

Im Rennen versicherte sie sich, dass es der richtige Kasten war.

Nachdem sie den kleinen Berg runter den kleinen schmalen Weg passiert hatte, sprintete sie zum

Wohnwagen.

„Christoph!", rief sie, „hier!"

„Da in der Toilette ist auch noch jemand!", sagte er, „nimm du das hier!" Christoph gab ihr eine spitze Metallsäge, womit sie das Schloss der Toilette aufbrechen sollte.

„Verdammte …!", rief Ina laut, da sie immer wieder abrutschte.

„Noch drei Minuten!", sagte Christoph. Mali schaute ihn mit großen Augen an.

„Scheiße, das klappt nicht!", sagte Christoph und legte das Brecheisen weg.

Noch zwei Minuten.

„Scheiß drauf!", rief Christoph und holte aus Instinkt die Handkreissäge aus dem Koffer und steckte den Stecker in die Steckdose neben dem Tisch, auf dem Mali wie in einer OP lag.

„Vertraue mir, ich werde das jetzt–", Christoph hörte auf zu reden und fing einfach an.

„JA!", rief er laut, als er die erste Fessel aus Metall aufbekam.

Fünfundvierzig Sekunden.

Weiter!

Christophs Gedanken waren voll bei der Kreis-
säge. Am rechen Fuß riss er Malis Haut etwas
auf. Sie schrie auf und blutete etwas.
„Scheißegal jetzt!"

Dreißig Sekunden.

Christoph war beim letzten Fuß und entfernte die
Fessel.

„Komm, schell!", sagte er zu Mali, die er schnell
herunter gehoben hatte.

Zwanzig Sekunden.

Ina sagte: „Komm schnell mit der Säge!"
Christoph setzte die Säge schnell an und öffnete
die Tür.

„Rennt weg!", rief er zu Mali und Ina und
schnappte sich den Beutel, der für ihn eindeutig
zu schwer war.

Zehn

Neun

Acht

Christoph nahm den Beutel so fest wie möglich
und rannte raus. Hinter Mali und Ina her.

Sieben

Sechs

Fünf

Christoph rief: „WENN ES EXPLODIERT, WERFT EUCH HIN."

Vier

Drei

Zwei

Eins

Christoph warf sich zusammen mit dem Beutel hin, rutschte über die feuchte Wiese und hörte nur den lauten Schrei von Ina und Mali, als im Hintergrund ein großer Knall und eine orange, gelbe Feuerwolke aufging. Christoph war auf Inas Höhe und spürte, wie einige kleine Teile auf seinem Rücken abprallten.

Er nahm Ina und Mali im Liegen in den Arm. „Es ist vorbei. Wir sind gerettet."

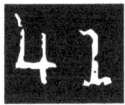

41

Ina Herbst und Christoph
Langen

Christoph fuhr zusammen mit Ina und Brigitte mit dem Notarztwagen von Brigitte zurück zur Wache. Der Rettungswagen war mit Mali, Sophia und den Müttern, die auf dem Zeltplatz zelten waren, zum AKH gefahren. Brigitte stellte ihr Blaulicht und ihre Sirene an. Na toll, mal wieder ohne Einsatz? Christoph fand es aber eigentlich ganz lustig. „Du glaubst nicht, was ich für eine Angst hatte, als mein Lieblingsdetektiv da ohne Herzschlag am Boden lag", sprach sie Christoph an. Er saß auf dem Beifahrersitz des VW Multivans. „Ich kann mich an nichts mehr erinnern", sagte er.

„Was ist eigentlich jetzt mit der Geiselnahme?", fragte Ina, immer noch blass vom Schock. „Keine Ahnung, wir fahren einfach mal zur Polizei hin."

"Brigitte, weißt Du eigentlich auch, warum Christoph jetzt den Herzstillstand hatte?" "Ich denke, dass es ein Herzinfarkt war. Das müssen aber jetzt die Ärzte im Krankenhaus rausfinden. Da kann ich nichts zu sagen."

Nach einiger Fahrt tönte durch den Lautsprecher des „NEF", wie Brigitte sagen würde: „NEF 8-1 von Leitstelle Viersen, kommen." Brigitte nahm ab.

„NEF 8-1 hört."

„Unfallort Polizeiwache Viersen, Lindenstraße 50. Hier ist eine Person aus dem Fenster gesprungen, kannst du übernehmen?"

„Ja, mach ich. Ende." Brigitte legte das Funkgerät ab. Christoph wurde schlecht. Er hatte das Gefühl, sich jeden Moment übergeben zu müssen.

„Happy birthday", meinte Brigitte.

An der Polizeiwache angekommen sah man bereits den Rettungswagen und die anderen Polizisten, die die Journalisten vom Fotografieren abhalten wollten.

Christoph stieg genau so schnell wie Ina und Brigitte aus. Der Kollege von Brigitte kam auf uns zu.

„Er ist tot", sagte er. „Er hatte keine Chance. Wir haben die Sturmmaske abgenommen. Erkennen sie ihn?"

Christoph trat näher zu ihm ran und musterte ihn. Tobias ist es nicht. Christoph wusste nicht, wer es war. Er drehte sich zu Ina um. Sie starrte auf ihn, ihr schossen Tränen in die Augen. Mit zitternder Stimme sagte sie: „Es ist mein Mann. Frederik Herbst."

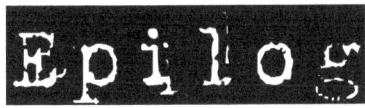

Epilog

Christoph Langen

Christoph starrte immer noch auf das Blatt Papier, das auf seinem Tisch vor ihm im Wohnzimmer lag. Es war neunzehn Uhr dreißig. Immer wieder floss er durch die Zeilen.

Vielen Dank!

Sehr geehrter Herr Langen, nicht ohne Grund nenne ich die Überschrift so. Sie haben gute Arbeit geleistet. Am liebsten würde ich Ihnen jetzt die Hand schütteln, aber wahrscheinlich bin ich nicht in Ihrer Nähe. Mein guter Freund Frederik Herbst sieht mir zum Glück ziemlich ähnlich. Da lagen Sie schon richtig! Aber denken Sie bitte nicht, dass ich Sie einfach so verlasse. Ich meine, ich bin ja einer Ihrer liebsten Kollegen. Ich möchte Ihnen einfach nochmal danken, dass Sie mir immer so zur Seite standen. Ach ja, und wenn Sie nach mir suchen, wünsche ich Ihnen viel Glück, denn das brauchen Sie. Aber mein Lieber, ich möchte nicht zu viel verraten! Sonst würde ich Ihnen ja den Spielspaß nehmen. Ich bin auch echt begeistert, wie toll ich die Fahrradfahrer getötet habe. Kreativ, oder? Wussten Sie schon, dass ich ein neues Hobby habe? Ich töte gerne. Das macht mir echt Spaß! Und danach töte ich noch weiter, zerstöre die Menschen. Für Sie wäre das sicher nichts. Schade! Sonst hätten wir uns ja mal treffen können. Aber ich bin froh, dass wir uns hoffentlich nochmal sehen, denn mein Hobby geht ja schließlich weiter und Sie wollen mich sicher daran hindern. Na ja, Sie müssen sich vorstellen, dass ich gerade kritisch einatme, und Sie meinen Atemzug ganz laut hören, denn das wird schwer werden.

Schade, dass mein Wohnwagen jetzt kaputt ist. Ich habe zum Glück eine zweite Stelle für mein Hobby. Aber das Geld zum aufrüsten habe ich von Frederik Herbst bekommen. Er wollte einfach - ach, das sage ich lieber nicht. Bis bald, auch wenn das etwas dauern wird. Na ja, wir sind ja offen und deswegen kann man einfach nur sagen: abwarten und Menschen töten!

Auf wiedertöten!

Ihr Tobias Zettler

Christoph starrte mit dem Glas Wasser in der Hand ins Leere. Wie kann ein Mensch verdammt noch mal so schlimm sein?

Christoph schnipste erneut mit der rechten Hand, wie er es immer in Nachdenksituationen tut. Es klingelte. Christoph wurde aus seinen Gedanken gerissen. Er stand auf und ging zur Tür. „Halli hallo!", begrüßte ihn Brigitte. Sie hatte eine Flasche Sekt in der Hand. „Hallo Brigitte. Komm doch rein." Christoph führte sie ins Wohnzimmer. Er setzte sich und bat sie, sich in den Sessel zu setzten. „Das war heute ein Tag", begann Christoph. „Allerdings", sagte sie, „ich war oder eher ich bin total begeistert, wie du das gelöst hast."

„Na ja, Ina hat ja auch mitgeholfen", entgegnete Christoph.

„Holst du uns Gläser?", fragte Brigitte. „Ist das ein Problem, wenn ich letzten Abend erst reanimiert wurde?"

„Nein, in dem Sekt ist nicht viel drin." „Okay", meinte er und ging in die Küche. Er holte zwei Gläser und kam zurück ins Wohnzimmer.

Brigitte schenkte etwas Sekt ein.

„Auf dich!", stieß Brigitte an. Christoph schmunzelte und die Gläser klirrten leicht zusammen.

„Christoph", begann Brigitte, „Christoph, liebst du mich auch, wie ich dich?"

Danksagung

Liebe Leserin, lieber Leser,

zu allererst: willkommen in der Danksagung. Sie müssen wissen, bei mir ist die Danksagung manchmal etwas länger, deshalb ist ein Willkommensgruß meinerseits angebracht. Ich freue mich, Ihnen noch ein wenig über das Buch und über mich zu sagen und dann zur Danksagung überzugehen.

Die größte Frage, die Ihnen jetzt wahrscheinlich aufkam, ist, warum ich eine Figur "Paul" nenne und dann auch noch in der Ich-Perspektive schreibe. Nun, das ist einfach zu sagen: Es gibt einen wahren Kern in diesem Buch. Nein, es ist nicht nur ein Kern, sondern alle Personen auf dem Zeltplatz und das jährliche Zelten gibt es wirklich! Natürlich sind die Dinge, die hier passiert sind, nicht wirklich passiert.

Die Idee kam, als ich eines Tages mit Anette ins Gespräch kam und sie gefragt hatte, weshalb die Zelttruppe nicht in meinem ersten Buch "Rache des Gleichaussehenden" genannt ist. Und dann antwortete ich: "Beim nächsten Buch bestimmt." Und nun geht das ganze Buch darüber! Ein großer Dank an Anette, die mich zu der Idee gebracht hat.

Ich möchte auf jeden Fall noch etwas anderes in dieser Danksagung loswerden. Wenn ich auf andere hören würde, dann würde ich jetzt nicht die Danksagung schreiben. Immer, wirklich immer, wenn man etwas Außergewöhnliches anfängt, was nicht jeder macht, kommen einem Personen entgegen, die das nicht gut finden, was man macht. Eher, dass gerade Du das machst. Denn die meisten sind neidisch. Neidisch auf das, was man macht. Vor allem wenn man nicht so viel Selbstbewusstsein hat, dann hört man oft auf die Leute, die einen runtermachen. Mein erstes Buch und der Schritt, mich öffentlicher zu machen als sonst, hat mich so stark gemacht, ohne dass ich täglich im Fitness Studio Krafttraining (bei dem Wort fange ich schon an zu schwitzen) war. Denn ich weiß einfach, dass wenn ich glücklich bin mit dem, was ich mache, mich keiner daran hindern kann. Niemand.

In der Schule kam es schon öfter mal vor, dass ich neidischen Leuten entgegenkam. Aber ich hatte mir mit der Zeit ein Schutzschild aufgebaut und alle Sachen, die die Leute meinen dagegen zu haben, prallen an mir ab. Erst heute, an dem Tag, an dem ich das Buch beendet habe, hat mich die treue Leserin Charlotte gefragt, ob ich vor der ersten Veröffentlichung Angst hatte. Da fast keiner wusste, dass ich schreibe, hatte ich Angst vor dem ersten Eindruck und dann vor den ersten Bewertungen. Aber das legte sich sofort. Ich wusste, dass das, was ich tue, gut ist. Und meine wirklich guten Freunde haben mich immer unterstützt, weshalb ich allen so unheimlich dankbar bin.

Also mein Fazit vor allem an die Jüngeren:

macht das, was ihr machen wollt, und seid stolz auf euch. Das dürft ihr.

Nun möchte ich zum Dank übergehen. Ich danke herzlich meiner Lektorin Marina Pittsik für die tolle Zusammenarbeit. Großen Dank auch an Andrea Muntaner für den Buchumschlag und ein großes Dankeschön an Nico Abrell für die umwerfende Innengestaltung.

Außerdem grüße ich die beste Klasse Deutschlands: Aleyna, Arua, Belinay, Ben, Cassim, Edanur, Ege, Ela, Elena, Emily, Favour, Fionn, Frida, Helin, Hendrik, Julian, Koray, Lara, Leoni, Luis, Melanie, Moritz, Morten, Oleksandr, Philipp, Petru, Robin, Ribanna, Sebastian und Sophie.

Danke liebe Nicole und danke lieber Wolfgang, wir sehen uns im Stadion.

Ich danke auch Oma Inge, Tante Sonja und Onkel Manfred, auch wenn wir uns leider nicht so häufig sehen.

Oma Helga und Opa Manfred, ich danke euch wie immer für alles! Das Lustige ist, dass ich morgen zu euch nach Sachsen-Anhalt komme, aber ihr noch nichts davon wisst. Mal sehen, ob euch die Überraschung gefallen hat. (Ja, nachträglich kann ich sagen: Es war ein tolles Geschenk!)

Mama, Papa, Tom. Danke für die tolle Unterstützung in allen Dingen. Ich bin euch so dankbar!

Außerdem geht natürlich nichts ohne Sie! Ich danke meiner Instagram Community und vor allem Ihnen und freue mich, bald hoffentlich wieder von Ihnen zu hören. Dankeschön!

Bleiben Sie gesund!

Bis dahin

Ihr Paul Menzel

Viersen, 2019

Social Media

Instagram und Facebook: @autorpaulmenzel

www.paulmenzel.de

Kontaktaufnahme

Für Ihre persönlich Nachricht steht folgende E-Mail-Adresse zur Verfügung:

leser@paulmenzel.de

Für geschäftliche oder sonstige Anfragen, bitte an folgende E-Mail-Adresse schreiben:

info@paulmenzel.de

Das Debüt
von Paul Menzel

"Rache des Gleichaus-
sehenden"
Liegst du auch abends in deinem Bett?

Liegst du auch unter einer warmen Decke?

Wird auch ein Messer an deiner Schulter angesetzt?
Staatsanwältin Sabrina Nadelbusch schwebt in Lebensgefahr. Wird sie der Gefahr entkommen, bevor sie der Tod ereilt?

Taschenbuch ISBN: 978-3-7469-8235-9   11,99€

Hardcover ISBN: 978-3-7469-8236-6   18,99€

E-Book ISBN: 978-3-7469-8237-3   4,99€